I0670952

CERVANTES

VIAJE AL PARNASO

Y

POESÍAS SUELTAS

Edición, notas y dedicatoría personal
por
JUAN BAUTISTA BERGUA

Colección La Crítica Literaria
www.LaCriticaLiteraria.com

Copyright del texto: ©2011 Ediciones Ibéricas
Ediciones Ibéricas - Clásicos Bergua - Librería Editorial Bergua
Madrid (España)

Copyright de esta edición: ©2011 LaCriticaLiteraria.com
Colección La Crítica Literaria
www.LaCriticaLiteraria.com
ISBN: 978-84-7083-193-5

Imagen de la portada: "Parnaso", Andrea Appiani (1811)

Ediciones Ibéricas - LaCriticaLiteraria.com
Calle Ferraz, 26
28008 Madrid
www.EdicionesIbericas.es
www.LaCriticaLiteraria.com

Impreso por LSI (Internacional) y SAFEKAT S.L. (España)

ÍNDICE

VIAJE AL PARNASO

CERVANTES

DEDICATORÍA

A D. RODRIGO DE TAPIA, CABALLERO DEL HÁBITO DE SANTIAGO, HIJO DEL SEÑOR D. PEDRO DE TAPIA, OIDOR DEL CONSEJO REAL Y CONSULTOR DEL SANTO OFICIO DE LA INQUISICIÓN SUPREMA

Dirijo a vuesa merced este *Viaje* que hice al *Parnaso*, que; no desdice a su edad florida, ni a sus loables y estudiosos ejercicios. Si vuesa merced le hace el acogimiento que yo espero de su condición ilustre, él quedará famoso en el mundo, y mis deseos premiados. Nuestro Señor, etcétera.

MIGUEL DE CERVANTES SAAVEDRA

PRÓLOGO

Si por ventura, lector curioso, eres poeta y llegare a tus manos (aunque pecadoras) este VIAJE; si te hallares en él escrito y notado entre los buenos poetas, da gracias a Apolo por la merced que te hizo; y si no te hallares, también se las puedes dar. Y Dios te guarde.

MIGUEL DE CERVANTES SAAVEDRA

.

VIAJE AL PARNASO

CAPÍTULO PRIMERO

Un quídam caporal italiano,
de patria perusino, a lo que entiendo,
de ingenio griego y de valor romano,
   llevado de un capricho reverendo
le vino en voluntad de ir a Parnaso
por huir de la corte el vario estruendo.
   Solo y a pie partióse, y paso a paso
llegó donde compró una muía antigua,
de color parda y tartamudo paso:
   nunca a medroso pareció estantigua
mayor, ni menos buena para carga,
grande en los huesos y en la fuerza exigua,
   corta de vista, aunque de cola larga,
estrecha en los ijares, y en el cuero
más dura que lo son los de una adarga.
   Era de ingenio cabalmente entero;
caía en cualquier cosa fácilmente,
así en abril como en el mes de enero.
   En fin, sobre ella el poetón valiente
llegó al Parnaso, y fue del rubio Apolo
agasajado con serena frente.
   Contó, cuando volvió el poeta solo
y sin blanca a su patria, lo que en vuelo
llevó la fama deste al otro polo.
   Yo, que siempre trabajo y me desvelo
por parecer que tengo de poeta
la gracia, que no quiso darme el Cielo,
   quisiera despachar a la estafeta
mi alma, o por los aires, y ponella
sobre las cumbres del nombrado Oeta.
   Pues descubriendo desde allí la bella
corriente de Aganipe, en un saltico
pudiera el labio remojar en ella,
   y quedar del licor suave y rico
el pancho lleno, y ser de allí adelante
poeta ilustre, o al menos manífico.

Mas mil inconvenientes al instante
se me ofrecieron, y quedó el deseo
en cierne, desvalido e ignorante.

   Porque en la piedra que en mis hombros veo,
que la fortuna me cargó pesada,
mis mal logradas esperanzas leo.

   Las muchas leguas de la gran jornada
se me representaron que pudieran
torcer la voluntad aficionada,

   si en aquel mismo instante no acudieran
los humos de la fama a socorrerme
y corto y fácil el camino hicieran.

   Dije entre mí: Si yo viniese a verme
en la difícil cumbre deste monte,
y una guirnalda de laurel ponerme,

   no envidiaría el bien decir de Aponte,
ni del muerto Galarza la agudeza,
en manos blando, en lengua Radamonte.

   Mas como de un error siempre se empieza,
creyendo a mi deseo, di al camino
los pies, porque di al viento la cabeza.

   En fin, sobre las ancas del Destino,
llevando a la elección puesta en la silla,
hacer el gran viaje determino.

   Si esta cabalgadura maravilla,
sepa el que no lo sabe, que se usa
por todo el mundo, no sólo en Castilla.

   Ninguno tiene o puede dar excusa
de no oprimir desta gran bestia el lomo,
ni mortal caminante lo rehusa.

   Suele tal vez ser tan ligera, como
va por el aire el águila o saeta.
y tal vez anda con los pies de plomo.

   Pero para la carga de un poeta,
siempre ligera, cualquier bestia puede
llevarla, pues carece de maleta.

   Que es caso ya infalible, que aunque herede
riquezas un poeta, en poder suyo
no aumentarlas, perderlas le sucede.

   Desta verdad ser la ocasión arguyo,
que tú, oh gran padre Apolo, les infundes
en sus intentos el intento tuyo.

   Y como no le mezclas ni confundes

en cosas de agibílibus rateras,
ni en el mar de ganancia vil le hundes,
   ellos, o traten burlas, o sean veras,
sin aspirar a la ganancia en cosas,
sobre el convexo van de las esferas.
   pintando en la palestra rigurosa
las acciones de Marte, o entre las flores
las de Venus más blanda y amorosa.
   Llorando guerras o cantando amores,
la vida como en sueños se les pasa,
o como suele el tiempo a jugadores.
   Son hechos ios poetas de una masa
dulce, suave, correosa y tierna,
y amiga del holgar de ajena casa.
   El poeta más cuerdo se gobierna
por su antojo baldío y regalado,
de trazas lleno, y de ignorancia eterna.
   Absorto en sus quimeras, y admirado
de sus mismas acciones, no procura
llegar a rico como a honroso estado.
   Vayan, pues, los leyentes con letura,
cual dice el vulgo mal limado y bronco,
que yo soy un poeta desta hechura:
   cisne en las canas, y en la voz un ronco
y negro cuervo, sin que el tiempo pueda
desbastar de mi ingenio el duro tronco:
   y que en la cumbre de la varia rueda
jamás me pude ver sólo un momento,
pues cuando subir quiero, se está queda
   Pero por ver si un alto pensamiento
se puede prometer feliz suceso,
seguí el viaje a paso tardo y lento.
   Un candeal con ocho mis de queso
fue en mis alforjas mi repostería,
útil al que camina, y leve peso.
   —Adiós dije a la humilde choza mía;
Adiós Madrid; adiós tu Prado, y fuentes
que manan néctar, llueven ambrosía.
   Adiós conversaciones suficientes
a entretener un pecho cuidadoso,
y a dos mil desvalidos pretendientes.
   Adiós, sitio agradable y mentiroso,
do fueron dos gigantes abrasados

con el rayo de Júpiter fogoso.

Adiós teatros públicos, honrados
por la ignorancia que ensalzada veo
en cien mil disparates recitados.

Adiós, de San Felipe el gran paseo,
donde si baja o sube el turco galgo
como en gaceta de Venecia leo.

Adiós, hambre sotil de algún hidalgo,
que por no verme ante tus puertas muerto,
hoy de mi patria y de mí mismo salgo.—

Con esto poco a poco llegué al puerto
a quien los de Cartago dieron nombre,
cerrado a todos vientos y encubierto.

A cuyo claro y singular renombre
se postran cuantos puertos el mar baña,
descubre el sol y ha navegado el hombre.

Arrojóse mi vista a la campaña
rasa del mar, que trujo a mi memoria
del heroico Don Juan la heroica hazaña.

Donde con alta de soldados gloria,
y con propio valor y airado pecho
tuve, aunque humilde, parte en la vitoria.

Allí, con rabia y con mortal despecho
el otomano orgullo vio su brío
hollado y reducido a pobre estrecho.

Lleno, pues, de esperanzas y vacío
de temor, busqué luego una fragata,
que efetüase el alto intento mío.

Cuando por la, aunque azul, líquida plata
vi venir un bajel a vela y remo,
que tomar tierra en el gran puerto trata.

Del más gallardo, y más vistoso extremo
de cuantos las espaldas de Neptuno
oprimieron jamás, ni más supremo.

Cual éste, nunca vio bajel alguno
el mar, ni pudo verse en el armada
que destruyó la vengativa Juno.

No fue del vellocino a la jornada
Argos tan bien compuesta y tan pomposa,
ni de tantas riquezas adornada.

Cuando entraba en el puerto, la hermosa
Aurora por las puertas del oriente
salía en trenza blanda y amorosa;

oyóse un estampido, de repente,
haciendo salva la real galera,
que despertó y alborotó la gente.
    El son de los clarines la ribera
llenaba de dulcísima armonía,
y el de la chusma alegre y placentera.
    Entrábanse las horas por el día,
a cuya luz con distinción más clara
se vio del gran bajel la bizarría.
    Ancoras echa, y en el puerto para,
y arroja un ancho esquife al mar tranquilo
con música, con grita y algazara.
    Usan los marineros de su estilo;
cubren la popa con tapetes tales,
que es oro y sirgo de su trama el hilo.
    Tocan de la ribera los umbrales;
sale del rico esquife un caballero
en hombros de otros cuatro principales.
    En cuyo traje y ademán severo
vi de Mercurio al vivo la figura,
de los fingidos dioses mensajero.
    En el gallardo talle y compostura,
en los alados pies, y el caduceo,
símbolo de prudencia y de cordura,
    digo, que al mismo paraninfo veo,
que trujo mentirosas embajadas
a la tierra del alto coliseo.
    Vile, y apenas puso las aladas
plantas en las arenas, venturosas
por verse de divinos pies tocadas,
    cuando yo, revolviendo cien mil cosas
en la imaginación, llegué a postrarme
ante las plantas por adorno hermosas.
    Mandóme el dios parlero luego alzarme,
y con medidos versos y sonantes,
desta manera comenzó a hablarme:
    —¡Oh Adán de los poetas, oh Cervantes!
¿Qué alforjas y qué traje es este, amigo,
que así muestra discursos ignorantes?—
    Yo, respondiendo a su demanda, digo:
—Señor: voy al Parnaso, y como pobre,
con este aliño mi jornada sigo.—
    Y él a mí dijo: —¡Sobrehumano, y sobre

espíritu cilenio levantado!
Toda abundancia y todo honor te sobre.

  Que, en fin, has respondido a ser soldado
antiguo y valeroso, cual lo muestra
la mano de que estás estropeado.

  Bien sé que en la naval dura palestra
perdiste el movimiento de la mano
izquierda, para gloria de la diestra.

  Y sé que aquel instinto sobrehumano
que de raro inventor tu pecho encierra
no te le ha dado el padre Apolo en vano.

  Tus obras los rincones de la tierra,
llevándolas en grupa Rocinante,
descubren, y a la envidia mueven guerra.

  Pasa, raro inventor, pasa adelante
con tu sotil desinio, y presta ayuda
a Apolo, que la tuya es importante.

  Antes que el escuadrón vulgar acuda
demás de veinte mil sietemesinos
poetas, que de serlo están en duda.

  Llenas van ya las sendas y caminos
desta canalla inútil contra el monte,
que aun de estar a su sombra no son dinos.

  Armate de tus versos luego, y ponte
a punto de seguir este viaje
conmigo, y a la gran obra disponte.

  Conmigo segurísimo pasaje
tendrás, sin que te empaches, ni procures
lo que suelen llamar matalotaje.

  Y por que esta verdad que digo apures,
entra conmigo en mi galera, y mira
cosas con que te asombres y asegures.—

  Yo, aunque pensé que todo era mentira,
entré con él en la galera hermosa
y vi lo que pensar en ello admira.

  De la quilla a la gavia, ¡oh extraña cosa!,
toda de versos era fabricada,
sin que se entremetiese alguna prosa.

  Las ballesteras eran de ensalada
de glosas, todas hechas a la boda
de la que se llamó Malmaridada.

  Era la chusma de romances toda,
gente atrevida, empero necesaria,

pues a todas acciones se acomoda.

   La popa, de materia extraordinaria,
bastarda, y de legítimos sonetos,
de labor peregrina en todo y varia.

   Eran dos valentísimos tercetos
los espaldares de la izquierda y diestra,
para dar boga larga muy perfetos.

   Hecha ser la crujía se me muestra
de una luenga y tristísima elegía,
que no en cantar, sino en llorar es diestra.

   Por ésta entiendo yo que se diría
lo que suele decirse a un desdichado
cuando lo pasa mal: pasó crujía.

   El árbol hasta el cielo levantado
de una dura canción prolija estaba
de canto de seis dedos embreado.

   El y la entena que por él cruzaba,
de duros estrambotes la madera
de que eran hechos claro se mostraba.

   La racamenta, que es siempre parlera,
toda la componían redondillas,
con que ella se mostraba más ligera.

   Las jarcias parecían seguidillas
de disparates mil y más compuestas,
que suelen en el alma hacer cosquillas.

   Las rumbadas, fortísimas y honestas
estancias, eran tablas poderosas
que llevan un poema y otro a cuestas.

   Era cosa de ver las bulliciosas
banderillas que al aire tremolaban,
de varias rimas algo licenciosas.

   Los grumetes, de aquí y allí cruzaban,
de encadenados versos parecían,
puesto que como libres trabajaban.

   Todas las obras muertas componían
o versos sueltos, o sextinas graves,
que la galera más gallarda hacían.

   En fin, con modos blandos y suaves,
viendo Mercurio que yo visto había
el bajel, que es razón, letor, que alabes,

   junto a mí se sentó, y su voz envía
a mis oídos en razones claras
y llenas de suavísima armonía

diciendo: —Entre las cosas que son raras
y nuevas en el mundo y peregrinas,
verás, si en ello adviertes y reparas,

   que es una este bajel de la más dinas
de admiración, que llegue a ser espanto
a naciones remotas y vecinas.

   No le formaron máquinas de encanto,
sino el ingenio del divino Apolo,
que puede, quiere y llega y sube a tanto.

   Formóle, ¡oh nuevo caso!, para sólo
que yo llevase en él cuantos poetas
hay desde el claro Tajo hasta Pactolo.

   De Malta el gran maestre, a quien secretas
espías dan aviso que en Oriente
se aperciben las bárbaras saetas,

   teme, y envía a convocar la gente
que sella con la blanca cruz el pecho,
porque en su fuerza su valor se aumente.

   A cuya invitación, Apolo ha hecho
que los famosos vates al Parnaso
acudan, que está puesto en duro estrecho.

   Yo, condolido del doliente caso,
en el ligero casco, ya instruido
de lo que he de hacer, aguijo el paso.

   De Italia las riberas he barrido;
he visto las de Francia y no tocado,
por venir solo a España dirigido.

   Aquí, con dulce y con felice agrado,
hará fin mi camino, a lo que creo,
y seré fácilmente despachado.

   Tú, aunque en tus canas tu pereza veo,
serás el paraninfo de mi asunto
y el solicitador de mi deseo.

   Parte, y no te detengas solo un punto,
y a los que en esta lista van escritos
dirá de Apolo cuanto aquí yo apunté.—

   Sacó un papel, y en él casi infinitos
nombres vi de poetas, en que había
yangüeses, vizcaínos y coritos.

   Allí famosos vi de Andalucía,
y entre los castellanos vi unos hombres
en quien vive de asiento la poesía.

   Dijo Mercurio: —Quiero que me nombres

desta turba gentil, pues tú lo sabes,
la alteza de su ingenio, con los nombres.—
  Yo respondí: —De los que son más graves
diré lo que supiere, por moverte
a que ante Apolo su valor alabes.—
El escuchó. Yo dije de esta suerte.

CAPÍTULO II

Colgado estaba de mi antigua boca
el dios hablante, pero entonces mudo,
que al que escucha, el guardar silencio toca,
   cuando di de improviso un estornudo,
y haciendo cruces por el mal agüero,
del gran Mercurio al mandamiento acudo.
   Miré la lista, y vi que era el primero
el Licenciado Juan de Ochoa, amigo
por poeta y cristiano verdadero.
   Deste varón en su alabanza digo
que puede acelerar y dar la muerte
con su claro discurso al enemigo,
   y que si no se aparta y se divierte
su ingenio en la gramática española,
será de Apolo sin igual la suerte;
   pues de su poesía al mundo sola
puede esperar poner el pie en la cumbre
de la inconstante rueda o varia bola.
   Este que de los cómicos es lumbre,
que el Licenciado Poyo es su apellido,
no hay nube que a su sol claro deslumbre.
   Pero como está siempre entretenido
en trazas, en quimeras e invenciones,
no ha de acudir a este marcial ruido.
   Este que en lista por tercero pones,
que Hipólito se llama de Vergara,
si llevarle al Parnaso te dispones,
   haz cuenta que en él llevas una jara,
una saeta, un arcabuz, un rayo
que contra la ignorancia se dispara.
   Este que tiene como mes de mayo
florido ingenio, y que comienza ahora
a hacer de sus comedias nuevo ensayo,
   Godínez es. Y estotro que enamora
las almas con sus versos regalados,
cuando de amor ternezas canta o llora,
   es uno que valdrá por mil soldados
cuando a la extraña y nunca vista empresa
fueren los escogidos y llamados;
   digo que es Don Francisco, el que profesa

las armas y las letras con tal nombre,
que por su igual Apolo le confiesa;
  es de Calatayud su sobrenombre.
Con esto queda dicho todo cuanto
puedo decir con que a la invidia asombre.
  Este que sigue es un poeta santo,
digo famoso: Miguel Cid se llama,
que al coro de las musas pone espanto.
  Estotro que sus versos encarama
sobre los mismos hombros de Calisto,
tan celebrado siempre de la fama,
  es aquel agradable, aquel bienquisto,
aquel agudo, aquel sonoro y grave
sobre cuantos poetas Febo ha visto;
  aquel que tiene de escribir la llave
con gracia y agudeza en tanto extremo,
que su igual en el orbe no se sabe:
  es Don Luis de Góngora, a quien temo
agraviar en mis cortas alabanzas,
aunque las suba al grado más supremo.
  Oh tú, divino espíritu, que alcanzas
ya el premio merecido a tus deseos
y a tus bien colocadas esperanzas;
  ya en nuevos y justísimos empleos,
divino Herrera, tu caudal se aplica,
aspirando del cielo a los trofeos.
  Ya de tu hermosa luz y clara y rica
el bello resplandor miras seguro
en la que la alma tuya beatifica;
  y arrimada tu hiedra al fuerte muro
de la inmortalidad, no estimas cuanto
mora en las sombras deste mundo escuro.
  Y tú, Don Juan de Jáuregui, que a tanto
el sabio curso de tu pluma aspira,
que sobre las esferas le levanto;
  aunque Lucano por tu voz respira,
déjale un rato y, con piadosos ojos,
a la necesidad de Apolo mira;
  que te están esperando mis despojos
de otros mil atrevidos, que procuran
fértiles campos ser siendo rastrojos.
  Y tú, por quien las musas aseguran
su partido, Don Félix Arias, siente

que por su gentileza te conjuran
y ruegan que defiendas desta gente
non sancta su hermosura, y de Aganipe
y de Hipocrene la inmortal corriente.

¿Consentirás tú a dicha participe
del licor suavísimo un poeta
que al hacer de sus versos sude y hipe?

No lo consentirás, pues tu discreta
vena, abundante y rica, no permite
cosa que sombra tenga de imperfeta.

Señor, este que aquí viene se quite,
dije a Mercurio, que es un chacho necio,
que juega, y es de sátiras su envite.

Este sí que podrás tener en precio,
que es Alonso de Salas Barbadillo,
a quien me inclino y sin medida aprecio.

Este que viene aquí, si he de decillo,
no hay para qué le embarques, y así puedes
borrarle. Dijo el dios: gusto de oíllo.

Es un cierto rapaz, que a Ganimedes
quiere imitar, vistiéndole a lo godo,
y así aconsejo qué sin él te quedes.

No lo harás con éste dese modo,
que es el gran Luis Cabrera, que, pequeño,
todo lo alcanza, pues lo sabe todo;

es de la historia conocido dueño,
y en discursos discretos tan discreto,
que a Tácito verás si te le enseño.

Este que viene es un galán sujeto
de la varia fortuna a los vaivenes
y del mudable tiempo al duro aprieto.

Un tiempo rico de caducos bienes,
y ahora de los firmes e inmudables
más rico, a tu mandar firme le tienes;

pueden los altos riscos siempre estables
ser tocados del mar, mas no movidos
de sus ondas en cursos varïables.

Ni menos a la tierra trae rendidos
los altos cedros Bóreas, cuando, airado,
quiere humillar los más fortalecidos.

Y éste que vivo ejemplo nos ha dado
desta verdad con tal filosofía,
Don Lorenzo Ramírez es de Prado.

Deste que se le sigue aquí diría
que es Don Antonio de Monroy, que veo
en ello que es ingenio y cortesía.
   Satisfacción al más alto deseo
puede dar de valor heroico y ciencia,
pues mil descubro en él y otras mil creo.
   Este es un caballero de presencia
agradable y que tiene de Torcato
el alma sin alguna diferencia.
   De Don Antonio de Paredes trato,
a quien dieron las musas sus amigas
en tierna edad anciano ingenio y trato.
   Este que por llevarle te fatigas,
es Don Antonio de Mendoza, y veo
cuánto en llevarle al sacro Apolo obligas.
   Este que de las musas es recreo,
la, gracia, y el donaire, y la cordura,
que de la discreción lleva el trofeo,
   es Pedro de Morales, propia hechura
del gusto cortesano, y es asilo
adonde se repara mi ventura.
   Este, aunque tiene parte de Zoilo,
es el grande Espinel, que en la guitarra
tiene la prima y en el raro estilo.
   Este, que tanto allí tira la barra
que las cumbres se deja atrás de Pindo,
que jura, que vocea y que desgarra,
t iene más de poeta que de lindo,
y es Jusepe de Vargas, cuyo astuto
ingenio y rara condición deslindo.
   Este, a quien pueden dar justo tributo
la gala y el ingenio, que más pueda
ofrecer a las musas flor y fruto,
   es el famoso Andrés de Balmaseda,
de cuyo grave y dulce entendimiento
el magno Apolo satisfecho queda.
   Este es Enciso, gloria y ornamento
del Tajo, y claro honor de Manzanares,
que con tal hijo aumenta su contento.
   Este, que es escogido entre millares,
de Guevara Luis Vélez es el bravo,
que se puede llamar quitapesares.
   Es poeta gigante, en quien alabo

el verso numeroso, el peregrino
ingenio, si un Gnaton nos pinta o un Davo.
  Este es Don Juan de España, que es más dino
de alabanzas divinas que de humanas,
pues en todos sus versos es divino.
  Este, por quien de Lugo están ufanas
las musas, es Silveira, aquel famoso
que por llevarle con razón te afanas.
  Este que se le sigue es el curioso
gran Don Pedro de Herrera, conocido
por de ingenio elevado en punto honroso.
  Este que de la cárcel del olvido
sacó otra vez a Proserpina hermosa,
con que a España y al Dauro ha enriquecido,
  verásle en la contienda rigurosa,
que se teme y se espera en nuestros días,
culpa de nuestra edad poco dichosa,
  mostrar de su valor las lozanías.
Pero ¿qué mucho, si es aqueste el doto
y grave Don Francisco de Farías?
  Este de quien yo fuí siempre devoto,
oráculo y Apolo de Granada,
y aun deste clima nuestro y del remoto,
  Pedro Rodríguez es. Este es Tejada,
de altisonantes versos y sonoros,
con majestad en todo levantada.
  Este que brota versos por los poros
y halla patria y amigos donde quiera,
y tiene en los ajenos sus tesoros,
  es Medinilla, el que la vez primera
cantó el romance de la tumba escura,
entre cipreses puestos en hilera.
  Este que en verdes años se apresura
y corre al sacro lauro, es Don Fernando
Bermúdez, donde vive la cordura;
  éste es aquel poeta memorando
que mostró de su ingenio la agudeza
en las selvas de Erifile cantando.
  Este que la coluna nueva empieza,
con estos dos que con su ser convienen,
nombrarlos aun lo tengo por bajeza.
  Miguel Cejudo y Miguel Sánchez vienen
juntos aquí, ¡oh par sin par! En éstos

las sacras musas fuerte amparo tienen.
   Que en los pies de sus versos bien compuestos,
llenos de rudición rara y dotrina,
al ir al grave caso serán prestos.
   Este gran caballero, que se inclina
a la lección de los poetas buenos,
y al sacro monte con su luz camina,
   Don Francisco de Silva es por lo menos.
¿Qué será por lo más? ¡Oh edad madura,
en verdes años de cordura llenos!
   Don Gabriel Gómez viene aquí: segura
tiene con él Apolo la vitoria
de la canalla siempre necia y dura.
   Para honor de su ingenio, para gloria
de su florida edad, para que admire
siempre de siglo en siglo su memoria,
   en este gran sujeto se retire
y abrevie la esperanza deste hecho,
y Febo al gran Valdés atento mire.
   Verá en él un gallardo y sabio pecho,
un ingenio sutil y levantado,
con que le deje en todo satisfecho.
   Figueroa es estotro, el dotorado,
que cantó de Amarili la constancia
en dulce prosa y verso regalado.
   Cuatro vienen aquí en poca distancia
con mayúsculas letras de oro escritos,
que son del alto asunto la importancia.
   De tales cuatro, siglos infinitos
durará la memoria, sustentada
en la alta gravedad de sus escritos.
   Del claro Apolo la real morada
si viniere a caer de su grandeza,
será por estos cuatro levantada;
   en ellos nos cifró Naturaleza
el todo de las partes, que son dinas
de gozar celsitud, que es más que alteza.
   Esta verdad, gran Conde de Salinas,
bien la acreditas con tus raras obras,
que en los términos tocan de divinas.
   Tú, el de Esquilache príncipe, que cobras
de día en día crédito tamaño,
que te adelantas a ti mismo y sobras,

serás escudo fuerte al grave daño,
que teme Apolo, con ventajas tantas,
que no te espere el escuadrón tacaño.

Tú, Conde de Saldaña, que con plantas
tiernas pisas de Pindo la alta cumbre,
y en alas de tu ingenio te levantas,

hacha has de ser de inextinguible lumbre,
que guíe al sacro monte al deseoso
de verse en él, sin que la luz deslumbre.

Tú, el de Villamediana, el más famoso
de cuantos entre griegos y latinos
alcanzaron el lauro venturoso,

cruzarás por las sendas y caminos
que al monte guían, porque más seguros
lleguen a él los simples peregrinos.

A cuya vista destos cuatro muros
del Parnaso caerán las arrogancias
de los mancebos, sobre necios, duros.

¡Oh cuántas y cuán graves circunstancias
dijera destos cuatro, que felices
aseguran de Apolo las ganancias!

Y más si se les llega el de Alcañices
marqués insigne, harán (puesto que hay una
en el mundo no más) cinco fenices.

Cada cual de por sí será coluna
que sustente y levante el edificio
de Febo sobre el cerco de la luna.

Este (puesto que acude al grave oficio
en que se ocupa) el lauro y palma lleva,
que Apolo da por honra y beneficio.

En esta ciencia es maravilla nueva,
y en la jurispericia único y raro;
su nombre es Don Francisco de la Cueva.

Este, que con Homero le comparo,
es el gran Don Rodrigo de Herrera,
insigne en letras y en virtudes claro.

Este que se le sigue es el de Vera
Don Juan, que por su espada y por su pluma
le honran en la quinta y cuarta esfera.

Este que el cuerpo y aun el alma bruma
de mil, aunque no muestra ser cristiano,
sus escritos el tiempo no consuma.

Cayóseme la lista de la mano

en este punto, y dijo el dios: —Con estos
que has referido está el negocio llano.

Haz que con pies y pensamientos prestos
vengan aquí, donde aguardando quedo
la fuerza de tan válidos supuestos.

—Mal podrá Don Francisco de Quevedo
venir, dije yo entonces; y él me dijo:
—Pues partirme sin él de aquí no puedo.

Ese es hijo de Apolo, ése es hijo
de Calíope musa; no podemos
irnos sin él, y en esto estaré fijo.

Es el flagelo de poetas memos,
y echará a puntillazos del Parnaso
los malos que esperamos y tememos.

—Oh señor, repliqué, que tiene el paso
corto y no llegará en un siglo entero.
—Deso, dijo Mercurio, no haga caso.

Que el poeta que fuere caballero,
sobre una nube entre pardilla y clara
vendrá muy a su gusto caballero.

—Y el que no, pregunté, ¿qué le prepara
Apolo? ¿Qué carrozas, o qué nubes?
¿Qué dromedario, o alfana en paso rara?

—Mucho, me respondió, mucho te subes
en tus preguntas; calla y obedece.
—Sí haré, pues no es infando lo que jubes.

Esto le respondí, y él me parece
que se turbó algún tanto; y en un punto
el mar se turba, el viento sopla y crece.

Mi rostro entonces, como el de un difunto
se debió de poner, y sí haría,
que soy medroso a lo que yo barrunto.

Vi la noche mezclarse con el día;
las arenas del hondo mar alzarse
a la región del aire, entonces fría.

Todos los elementos vi turbarse:
la tierra, el agua, el aire, y aun el fuego
vi entre rompidas nubes azorarse.

Y en medio deste gran desasosiego
llovían nubes de poetas llenas
sobre el bajel, que se anegara luego

si no acudieran más de mil sirenas
a dar de azotes a la gran borrasca,

que hacia el saltarel por las entenas.

    Una, que ser pensé Juana la Chasca,
de dilatado vientre y luengo cuello,
pintiparado a aquel de la tarasca,

    se llegó a mí, y me dijo: —De un cabello
deste bajel estaba la esperanza
colgada, a no venir a socorrello.

    Traemos, y no es burla, a la bonanza,
que estaba descuidada oyendo atenta
los discursos de un cierto Sancho Panza.—

    En esto sosegose la tormenta;
volvió tranquilo el mar, sereno el cielo,
que al regañón el céfiro le ahuyenta.

    Volví la vista, y vi en ligero vuelo
una nube romper el aire claro
de la color del condensado hielo.

    ¡Oh maravilla nueva! ¡Oh caso raro!
Vilo, y he de decillo, aunque se dude
del hecho que por brújula declaro.

    Lo que yo pude ver, lo que yo pude
notar fue que la nube dividida
en dos mitades a llover acude.

    Quien ha visto la tierra prevenida
con tal disposición, que cuando llueve,
cosa ya averiguada y conocida,

    de cada gota en un instante breve
del polvo se levanta o sapo, o rana,
que a saltos, o despacio el paso mueve,

    tal se imagine ver (¡oh soberana
Virtud!) de cada gota de la nube
saltar un bulto, aunque con forma humana.

    Por no creer esta verdad estuve
mil veces; pero vila con la vista,
que entonces clara y sin legañas tuve.

    Eran aquestos bultos de la lista
pasada los poetas referidos,
a cuya fuerza no hay quien la resista.

    Unos por hombres buenos conocidos,
otros de rumbo y hampo, y Dios es Cristo,
poquitos bien, y muchos mal vestidos.

    Entre ellos parecióme de haber visto
a Don Antonio de Galarza el bravo,
gentilhombre de Apolo, y muy bienquisto.

El bajel se llenó de cabo a cabo,
y su capacidad a nadie niega
copioso asiento, que es lo más que alabo.

Llovió otra nube al gran Lope de Vega,
poeta insigne, a cuyo verso o prosa
ninguno le aventaja, ni aun le llega.

Era cosa de ver maravillosa
de los poetas la apretada enjambre,
en recitar sus versos muy melosa.

Este muerto de sed, aquél de hambre;
yo dije, viendo tantos, con voz alta:
—¡Cuerpo de mí con tanta poetambre!—

Por tantas sobras conoció una falta
Mercurio, y acudiendo a remedialla,
ligero en la mitad del bajel salta.

Y con una zaranda que allí halla,
no sé si antigua o si de nuevo hecha,
zarandó mil poetas de gramalla.

Los de capa y espada no desecha,
y destos zarandó dos mil y tantos,
que fue neguilla entonces la cosecha.

Colábanse los buenos y los santos,
y quedábanse arriba los granzones,
más duros en sus versos que los cantos.

Y sin que les valiesen las razones
que en su disculpa daban, daba luego
Mercurio al mar con ellos a montones.

Entre los arrojados se oyó un ciego,
que murmurando entre las ondas iba
de Apolo con un pésete y reniego.

Un sastre (aunque en sus pies flojos estriba,
abriendo con los brazos el camino)
dijo: —Sucio el Apolo, así yo viva—

Otro (que al parecer iba mohino,
con ser un zapatero de obra prima)
dijo dos mil, no un solo desatino.

Trabaja un tondidor, suda y se anima
por verse a la ribera conducido,
que más la vida que la honra estima.

El escuadrón nadante reducido
a la marina, vuelve a la galera
el rostro, con señales de ofendido.

Y uno por todos dijo: —Bien pudiera

ese chocante embajador de Febo
tratarnos bien, y no desta manera.
  Mas oigan lo que dijo: —Yo me atrevo
a profanar del monte la grandeza
con libros nuevos y en estilo nuevo.
  Calló Mercurio, y a poner empieza
con gran curiosidad seis camarines,
dando a la gracia ilustre rancho y pieza.
  De nuevo resonaron los clarines;
y así Mercurio, lleno de contento,
sin darle mal agüero los delfines,
  remos al agua dio, velas al viento.

CAPÍTULO III

Eran los remos de la real galera
de esdrújulos, y dellos compelida
se deslizaba por el mar ligera.

Hasta el tope la vela iba tendida,
hecha de muy delgados pensamientos,
de varios lizos por amor tejida.

Soplaban dulces y amorosos vientos,
todos en popa, y todos se mostraban
al gran viaje solamente atentos.

Las sirenas en torno navegaban,
dando empellones al bajel lozano,
con cuya ayuda en vuelo le llevaban.

Semejaban las aguas del mar cano
colchas encarrujadas, y hacían
azules visos por el verde llano.

Todos los del bajel se entretenían:
unos glosando pies dificultosos,
otros cantaban, otros componían.

Otros de los tenidos por curiosos
referían sonetos, muchos hechos
a diferentes casos amorosos.

Otros alfeñicados y deshechos
en puro azúcar, con la voz suave,
de su melifluidad muy satisfechos,

en tono blando, sosegado y grave,
églogas pastorales recitaban,
en quien la gala y la agudeza cabe.

Otros de sus señoras celebraban
en dulces versos de la amada boca
los excrementos que por ella echaban.

Tal hubo a quien amor así le toca,
que alabó los riñones de su dama
con gusto grande y no elegancia poca.

Uno cantó, que la amorosa llama
en mitad de las aguas le encendía,
y como toro agarrochado brama.

Desta manera andaba la poesía
de uno en otro, haciendo que hablase
éste latín, aquél algarabía.

En esto sesga la galera, vase

rompiendo el mar con tanta ligereza,
que el viento aun no consiente que la pase.

　Y en esto descubriose la grandeza
de la escombrada playa de Valencia,
por arte hermosa y por naturaleza.

　Hizo luego de sí grata presencia
el gran Don Luis Ferrer, marcado el pecho
de honor y el alma de divina ciencia.

　Desembarcose el dios, y fue derecho
a darle cuatro mil y más abrazos,
de su vista y su ayuda satisfecho.

　Volvió la vista, y reiteró los lazos
en Don Guillén de Castro, que venía
deseoso de verse en tales brazos.

　Cristobal de Virués se le seguía,
con Pedro de Aguilar, junta famosa
de las que Turia en sus riberas cría.

　No le pudo llegar más valerosa
escuadra al gran Mercurio, ni él pudiera
desearla mejor ni más honrosa.

　Luego se descubrió por la ribera
un tropel de gallardos valencianos,
que a ver venían la sin par galera;

　todos con instrumentos en las manos
de estilos y librillos de memoria,
por bizarría y por ingenio ufanos,

　codiciosos de hallarse en la vitoria,
que ya tenían por segura y cierta,
de las heces del mundo y de la escoria.

　Pero Mercurio les cerró la puerta;
digo, no consintió que se embarcasen,
y el por qué no lo dijo, aunque se aceirta.

　Y fue porque temió que no se alzasen,
siendo tantos y tales, con Parnaso,
y nuevo imperio y mando en él fundasen.

　En esto viose con brioso paso
venir al magno Andrés Rey de Artieda,
no por la edad descaecido o laso.

　Hicieron todos espaciosa rueda,
y, cogiéndole en medio, le embarcaron,
más rico de valor que de moneda.

　Al momento las áncoras alzaron,
y las velas ligadas a la entena

los grumetes apriesa desataron.
　De nuevo por el aire claro suena
el son de los clarines, y de nuevo
vuelve a su oficio cada cual sirena.
　Miró el bajel por entre nubes Febo,
y dijo en voz que pudo ser oída:
　—Aquí mi gusto y mi esperanza llevo.—
　De remos y sirenas impelida
la galera se deja atrás el viento,
con milagrosa y próspera corrida.
　Leíase en los rostros el contento
que llevaban los sabios pasajeros,
durable, por no ser nada violento.
　Unos por el calor iban en cueros;
otros, por no tener godescas galas,
en traje se vistieron de romeros.
　Hendía en tanto las neptúneas salas
la galera, del modo como hiende
la grulla el aire con tendidas alas.
　En fin, llegamos donde el mar se extiende,
y ensancha y forma el golfo de Narbona,
que de ningunos vientos se defiende.
　Del gran Mercurio la cabal persona
sobre seis resmas de papel sentada
iba con cetro y con real corona;
　cuando una nube, al parecer preñada,
parió cuatro poetas en crujía,
o los llovió, razón más concertada.
　Fue uno aquel de quien Apolo fía
su honra, Juan Luis de Casanate,
poeta insigne de mayor cuantía.
　El mismo Apolo de su ingenio trate,
él le alabe, él le premie y recompense,
que el alabarle yo sería dislate.
　Al segundo llovido, el uticense
Catón no le igualó, ni tiene Febo
quien tanto por él mire, ni en él piense.
　Del contador Gaspar de Barrionuevo
mal podrá el corto flaco ingenio mío
loar el suyo así como yo debo.
　Llenó del gran bajel el gran vacío
el gran Francisco de Rioja al punto
que saltó de la nube en el navío.

A Cristóbal de Mesa vi allí junto
a los pies de Mercurio, dando fama
a Apolo, siendo dél propio trasunto.

A la gavia un grumete se encarama,
y dijo a voces: —La ciudad se muestra,
que Génova, del dios Jano, se llama.

—Déjesele la ciudad a la siniestra
mano, dijo Mercurio; el bajel vaya,
y siga su derrota por la diestra.

Hacer al Tíber vimos blanca raya
dentro del mar, habiendo ya pasado
la ancha romana y peligrosa playa.

De lejos viose el aire condensado
del humo que el Estrómbolo vomita,
de azufres, y llamas, y de horror formado.

Huyen la isla infame y solicita
el suave poniente, así el viaje
que lo acorta, lo allana y facilita.

Vímonos en un punto en el paraje
do la nutriz de Eneas piadoso
hizo el forzoso y último pasaje.

Vimos desde allí a poco el más famoso
monte que encierra en sí nuestro hemisferio,
más gallardo a la vista y más hermoso.

Las cenizas de Títiro y Sincero
están en él, y puede ser por esto
nombrado entre los montes por primero.

Luego se descubrió donde echó el resto
de su poder naturaleza amiga
de formar de otros muchos un compuesto.

Viose la pesadumbre sin fatiga
de la bella Parténope, sentada
a la orilla del mar, que sus pies liga,

de castillos y torres coronada,
por fuerte y por hermosa en igual grado
tenida, conocida y estimada.

Mandóme el del alígero calzado
que me aprestase y fuese luego a tierra
a dar a los Lupercios un recado,

en que les diese cuenta de la guerra
temida, y que a venir les persuadiese
al duro y fiero asalto, al cierra, cierra.

—Señor, le respondí, si acaso hubiese

otro que la embajada les llevase,
que más grato a los dos hermanos fuese
  que yo no soy, sé bien que negociase
mejor—. Dijo Mercurio: —No te entiendo,
y has de ir antes que el tiempo más se pase.
  —Que no me han de escuchar estoy temiendo,
le repliqué, ya si el ir yo no importa,
puesto que en todo obedecer pretendo.
  Que no sé quién me dice y quién me exhorta
que tienen para mí, a lo que imagino,
la voluntad, como la vista, corta.
  Que si esto así no fuera, este camino
con tan pobre recámara no hiciera
ni diera en un tan hondo desatino.
  Por si alguna promesa se cumpliera
de aquellas muchas que al partir me hicieron,
lléveme Dios si entrara en tu galera.
  Mucho esperé, si mucho prometieron,
mas podrá ser que ocupaciones nuevas
les obligue a olvidar lo que dijeron.
  Muchos, señor, en la galera llevas
que te podrán sacar el pie del lodo;
parte, y excusa de hacer más pruebas.
  —Ninguno, dijo, me hable dese modo,
que si me desembarco y los embisto,
voto a Dios que me traiga al Conde y todo,
  con estos dos famosos me enemisto,
que, habiendo levantado a la poesía
al buen punto en que está, como se ha visto,
  quieren con perezosa tiranía
alzarse, como dicen, a su mano
con la ciencia que a ser divinos guía.
  Por el solio de Apolo soberano
juro... y no digo más; y ardiendo en ira,
se echó a las barbas una y otra mano.
  Y prosiguió diciendo: El Dotor Mira,
apostaré, si no lo manda el Conde,
que también en sus puntos se retira.
  Señor galán, parezca; ¿a qué se esconde?
Pues a fe por llevarle, si él no gusta,
que ni le busque, aseche ni le ronde.
  ¿Es esta empresa acaso tan injusta
que se esquiven de hallar en ella cuantos

tienen conciencia limitada y justa?

   ¿Carece el cielo de poetas santos?
¿Puesto que brote a cada paso el suelo
poetas, que lo son tantos y tantos?

   ¿No se oyen sacros himnos en el cielo?
¿La arpa de David allá no suena,
causando de nuevo accidental consuelo?

   Fuera melindres, y cese la entena,
que llegue al tope—; y luego, obedeciendo,
fue de la chusma sobre buenas buena.

   Poco tiempo pasó, cuando un ruido
se oyó, que los oídos atronaba,
y era de perros áspero ladrido.

   Mercurio se turbó; la gente estaba
suspensa al triste son, y en cada pecho
el corazón más válido temblaba.

   En esto descubrióse el corto estrecho
que Escila y que Caribdis espantosas
tan temeroso con su furia han hecho.

   —Estas olas que veis presuntuosas
en visitar las nubes de contino,
y aun de tocar el cielo codiciosas,

   venciólas el prudente peregrino
amante de Calipso, al tiempo cuando
hizo, dijo Mercurio, este camino.

   Su prudencia nosotros imitando,
echaremos al mar en que se ocupen,
en tanto que el bajel pasa volando.

   Que en tanto que ellas tasquen, roan, chupen
al mísero que al mar ha de entregarse,
seguro estoy que el paso desocupen.

   Miren si puede en la galera hallarse
algún poeta desdichado acaso,
que a las fieras gargantas pueda darse.—

   Buscáronle, y hallaron a Lofraso,
poeta militar, sardo, que estaba
desmayado a un rincón marchito y laso;

   que a sus diez libros de Fortuna andaba
añadiendo otros diez y el tiempo escoge
que más desocupado se mostraba.

   Gritó la chusma toda: —Al mar se arroje;
vaya Lofraso al mar sin resistencia.
   —Por Dios, dijo Mercurio, que me enoje.

¿Cómo? ¿Y no será cargo de conciencia,
y grande, echar al mar tanta poesía,
puesto que aquí nos hunda su inclemencia?

Viva Lofraso, en tanto que dé al
Apolo luz, y en tanto que los hombres
tengan discreta alegre fantasía.

Tocante a ti, oh Lofraso, los renombres
y epítetos de agudo y de sincero,
y gusto que mi *cómitre* te nombres.—

Esto dijo Mercurio al caballero,
el cual en la crujía en pie se puso
con un rebenque despiadado y fiero.

Creo que de sus versos le compuso,
y no sé cómo fue, que en un momento
(o ya el cielo, o Lofraso lo dispuso)

salimos del estrecho a salvamento,
sin arrojar al mar poeta alguno:
tanto del sardo fue el merecimiento.

Mas luego otro peligro, otro importuno
temor amenazó, si no gritara
Mercurio, cual jamás gritó ninguno,

diciendo al timonero: —A orza, para,
amáinese de golpe—; y todo a un punto
se hizo, y el peligro se repara.

Estos montes que veis están tan juntos,
son los que Acroceraunos son llamados,
de infame nombre, como yo barrunto.

Asieron de los remos los honrados,
los tiernos, los melifluos, los godescos,
y los de a cantimplora acostumbrados.

Los fríos los asieron y los frescos;
asiéronlos también los calurosos
y los de calzas largas y gregüescos.

Del sopraestante daño temerosos,
todos a una la galera empujan
con flacos y con brazos poderosos.

Debajo del bajel se somurmujan
las sirenas que dél no se apartaron,
y a sí mismas en fuerza sobrepujan.

Y en un pequeño espacio la llevaron
a vista de Corfú, y a mano diestra
la isla inexpugnable se dejaron.

Y dando la galera a la siniestra,

discurría de Grecia las riberas,
adonde el cielo su hermosura muestra.

Mostrábanse las olas lisonjeras,
impeliendo el bajel süavemente,
como burlando con alegres veras.

Y luego al parecer por el oriente,
rayando el rubio sol nuestro horizonte
con rayas rojas, hebras de su frente,

gritó un grumete y dijo: —El monte, el monte
el monte se descubre donde tiene
su buen rocín el gran Belorofonte.

Por el monte se arroja, y a pie viene
Apolo a recibirnos. —Yo lo creo,
dijo Lofraso; ya llega a la Hipocrene.

Yo desde aquí columbro, miro y veo
que se andan solazando entre unas matas
las musas con dulcísimo recreo.

Unas antiguas son, otras novatas,
y todas con ligero paso y tardo
andan las cinco en pie, las cuatro a gatas.

—Si tú tal vez, dijo Mercurio, oh sardo
poeta, que me corten las orejas,
o me tengan los hombres por bastardo.

Dime: ¿por qué algún tanto no te alejas
de la ignorancia, pobretón, y adviertes
lo que cantan tus rimas en tus quejas?

¿Por qué con tus mentiras nos diviertes
de recebir a Apolo cual se debe,
por haber mejorado vuestras suertes?—

En esto, mucho más que el viento leve,
bajó el lucido Apolo a la marina,
a pie, porque en su carro no se atreve.

Quitó los rayos de la faz divina,
mostróse en calzas y en jubón vistoso,
porque dar gusto a todos determina.

Seguíale detrás un numeroso
escuadrón de doncellas bailadoras,
aunque pequeñas, de ademán brioso.

Supe poco después que estas señoras,
sanas las más, las menos mal paradas,
las del tiempo y del sol eran las Horas.

Las medio rotas eran las menguadas;
las sanas, las felices, y con esto

eran todas en todo apresuradas.

   Apolo luego con alegre gesto
abrazó a los soldados, que esperaba
para la alta ocasión que se ha propuesto.

   Y no de un mismo modo acariciaba
a todos, porque alguna diferencia
hacía con los que él más se alegraba.

   Que a los de señoría y excelencia
nuevos abrazos dio, razones dijo,
en que guardó decoro y preeminencia.

   Entre ellos abrazó a Don Juan de Arguijo,
que no sé en qué, o cómo, o cuándo hizo
tan áspero viaje y tan prolijo.

   Con él a su deseo satisfizo
Apolo y confirmó su pensamiento,
mandó, vedó, quitó, hizo y deshizo.

   Hecho, pues, el sin par recebimiento,
do se halló Don Luis de Barahona,
llevado allí por su merecimiento,

   del siempre verde lauro una corona
le ofrece Apolo en su intención, y un vaso
del agua de Castalia y de Helicona.

   Y luego vuelve el majestoso paso,
y el escuadrón pensado y de repente
le sigue por las faldas del Parnaso.

   Llegose, en fin, a la Castalia fuente,
y en viéndola, infitos se arrojaron
sedientos al cristal de su corriente.

   Unos no solamente se hartaron,
sino que pies y manos, y otras cosas
algo más indecentes se lavaron.

   Otros, más advertidos, las sabrosas
aguas gustaron poco a poco, dando
espacio al gusto, a pausas melindrosas.

   El brindez y el caraos se puso en bando,
porque los más de bruces, y no a sorbos,
el suave licor fueron gustando.

   De ambas manos hacían vasos corvos
otros, y algunos de la boca al agua
temían de hallar cien mil estorbos.

   Poco a poco la fuente se desagua
y pasa en los estómagos bebientes,
y aun no se apaga de su sed la fragua.

Mas díjoles Apolo: —Otras dos fuentes
aun quedan, Aganipe e Hipocrene,
ambas sabrosas, ambas excelentes;
  cada cual del licor dulce y perene,
todas de calidad aumentativa
del alto ingenio que a gustarlas viene.

  Beben, y suben por el monte arriba,
por entre palmas, y entre cedros altos,
y entre árboles pacíficos de oliva.

  De gusto llenos y de angustia faltos,
siguiendo a Apolo el escuadrón camina,
unos a pedicoj, otros a saltos.

  Al pie sentado de una antigua encina
vi a Alonso de Ledesma, componiendo
una canción angélica y divina.

  Conocíle, y a él me fuí corriendo
con los brazos abiertos como amigo,
pero no se movió con el estruendo.

  —¿No ves, me dijo Apolo, que consigo
no está Ledesma ahora? ¿No ves claro
que está fuera de sí y está conmigo?

  A la sombra de un mirto, al verde amparo,
Jerónimo de Castro sesteaba,
varón de ingenio peregrino y raro.

  Un motete imagino que cantaba
con voz suave; yo quedé admirado
de verle allí, porque en Madrid quedaba.

  Apolo me entendió, y dijo: —Un soldado
como éste no era bien que se quedara
entre el ocio y el sueño sepultado.

  Yo le truje, y sé cómo; que a mi rara
potencia no la impide otra ninguna,
ni inconveniente alguno la repara.

  En esto se llegaba a la oportuna
hora, a mi parecer, de dar sustento
al estómago pobre, y más si ayuna;

  pero no le pasó por pensamiento
a Delio, que el ejército conduce,
satisfacer al mísero hambriento.

  Primero a un jardín rico nos reduce,
donde el poder de la Naturaleza
y el de la industria más campea y luce.

  Tuvieron los Hespérides belleza

menor; no le igualaron los Pensiles
en sitio, en hermosura y en grandeza.

En su comparación se muestran viles
los de Alcinoo, en cuyas alabanzas
se han ocupado ingenios bien sotiles;

no sujeto del tiempo a las mudanzas,
que todo el año primavera ofrece
frutos en posesión, no en esperanzas.

Naturaleza y arte allí parece
andar en competencia, y está en duda
cuál vence de las dos, cuál más merece.

Muéstrase balbuciente y casi muda,
si le alaba la lengua más experta,
de adulación y de mentir desnuda.

Junto con ser jardín, era una huerta,
un soto, un bosque, un prado, un valle ameno,
que en todos estos títulos concierta,

de tanta gracia y hermosura lleno
que una parte del cielo parecía
el todo del bellísimo terreno.

Alto en el sitio alegre Apolo hacía,
y allí mandó que todos se sentasen
a tres horas después del mediodía.

Y por que los asientos señalasen
el ingenio y valor de cada uno,
y unos con otros no se embarazasen,

a despecho y pesar del importuno
ambicioso deseo, les dio asiento
en el sitio y lugar más oportuno.

Llegaban los laures casi a ciento,
a cuya sombra y troncos se sentaron
algunos de aquel número contento.

Otros los de las palmas ocuparon,
de los mirtos y hiedras, y los robles
también varios poetas albergaron.

Puesto que humildes, eran de los nobles
los asientos cual tronos levantados,
porque tú, oh envidia, aquí tu rabia dobles.

En fin, primero fueron ocupados
los troncos de aquel ancho circuito,
para honrar a poetas dedicados,

antes que yo en el número infinito
hallase asiento; y así en pie quedéme

despechado, colérico y marchito.
   Dije entre mí: ¿Es posible que se extreme
en perseguirme la fortuna airada,
que ofende a muchos y a ninguno teme?
   Y volviéndome a Apolo, con turbada
lengua le dije lo que oirá el que gusta
saber, pues la tercera es acabada,
   la cuarta parte desta empresa justa.

CAPÍTULO IV

Suele la indignación componer versos;
pero si el indignado es algún tonto,
ellos tendrán su todo de perversos.

De mí yo no sé más sino que pronto
me hallé para decir en tercia rima
lo que no dijo el desterrado al Ponto.

Y así le dije a Delio: —No se estima,
señor, del vulgo vano el que te sigue
y al árbol sacro del laurel se arrima.

La envidia y la ignorancia le persigue,
y así, envidiado siempre y perseguido,
el bien que espera por jamás consigue.

Yo corté con mi ingenio aquel vestido
con que al mundo la hermosa *Galatea*
salió para librarse del olvido.

Soy por quien *la Confusa* nada fea
pareció en los teatros admirable,
si esto a su fama es justo se le crea.

Yo con estilo en parte razonable,
he compuesto *Comedias* que en su tiempo
tuvieron de lo grave y de lo afable.

Yo he dado en *Don Quijote* pasatiempo
al pecho melancólico y mohíno
en cualquiera sazón, en todo tiempo.

Yo he abierto en mis *Novelas* un camino
por do la lengua castellana puede
mostrar con propiedad un desatino.

Yo soy aquel que en la invención excede
a muchos, y al que falta en esta parte,
es fuerza que su fama falta quede.

Desde mis tiernos años amé el arte
dulce en la agradable poesía,
y en ella procuré siempre agradarte.

Nunca voló la pluma humilde mía
por la región satírica, bajeza
que a infames premios y desgracias guía.

Yo el soneto compuse que así empieza,
por honra principal de mis escritos:
Voto a Dios, que me espanta esta grandeza.

Yo he compuesto *Romances* infinitos,

y el de los *Celos* es aquel que estimo
entre otros que los tengo por malditos.

Por esto me congojo y me lastimo
de verme solo en pie, sin que se aplique
árbol que me conceda algún arrimo.

Yo estoy, cual decir suelen, puesto a pique,
para dar a la estampa al gran *Persiles,*
con que mi nombre y obras multiplique.

Yo en pensamientos castos y sotiles,
dispuestos en soneto de a docena,
he honrado tres sujetos fregoniles.

También al par de *Filis* mi *Filena*
resonó por las selvas, que escucharon
más de una y otra alegre cantilena.

Y en dulces varias rimas se llevaron
mis esperanzas los ligeros vientos,
que en ellos y en la arena se sembraron.

Tuve, tengo y tendré los pensamientos,
merced al Cielo que a tal bien me inclina,
de toda adulación libres y exentos.

Nunca pongo los pies por do camina
la mentira, la fraude y el engaño
de la santa virtud total ruina.

Con mi corta fortuna no me ensaño,
aunque por verme en pie como me veo,
y en tal lugar, pondero así mi daño.

Con poco me contento, aunque deseo
mucho—. A cuyas razones enojadas,
con estas blandas respondió Timbreo:

—Vienen las malas suertes atrasadas,
y toman tan de lejos la corriente,
que son temidas, pero no excusadas.

El bien les viene a algunos de repente,
a otros poco a poco y sin pensallo,
y el mal no guarda estilo diferente.

El bien que está adquirido, conservallo
con maña, diligencia y con cordura,
es no menor virtud que el granjeallo.

Tú mismo te has forjado tu ventura,
y yo te he visto alguna vez con ella,
pero en el imprudente poco dura.

Mas si quieres salir de tu querella,
alegre y no confuso, y consolado,

dobla tu capa y siéntate sobre ella.

Que tal vez suele un venturoso estado,
cuando le niega sin razón la suerte,
honrar más merecido que.alcanzado.

—Bien parece, señor, que no se advierte,
le respondí, que yo no tengo capa.—
El dijo: —Aunque sea así, gusto de verte.

La virtud es un manto con que tapa
y cubre su indecencia la estrecheza,
que exenta y libre de la envidia escapa.—

Incliné al gran consejo la cabeza;
quedéme en pie, que no hay asiento bueno
si el favor no le labra o la riqueza.

Alguno murmuró, viéndome ajeno
del honor que pensó se me debía,
del planeta de luz y virtud lleno.

En esto pareció que cobró el día
un nuevo resplandor, y el aire oyóse
herir de una dulcísima armonía.

Y en esto por un lado descubrióse
del sitio un escuadrón de ninfas bellas,
con que infinito el rubio dios holgóse.

Venía en fin y por remate dellas
una resplandeciendo, como hace
el sol ante la luz de las estrellas.

La mayor hermosura se deshace
ante ella, y ella sola resplandece
sobre todas y alegra y satisface.

Bien así semejaba cual se ofrece
entre líquidas perlas y entre rosas
la aurora que despunta y amanece.

La rica vestidura, las preciosas
joyas que la adornaban, competían
con las que suelen ser maravillosas.

Las ninfas que al querer suyo asistían,
en el gallardo brío y bello aspecto
las artes liberales parecían.

Todas con amoroso y tierno afecto,
con las ciencias más claras y escogidas,
le guardaban santísimo respeto.

Mostraban que en servirla eran servidas,
y que por su ocasión de todas gentes
en más veneración eran tenidas.

Su influjo y su reflujo las corrientes
del mar y su profundo le mostraban,
y el ser padre de ríos y de fuentes.

Las hierbas su virtud la presentaban;
los árboles, sus frutos y sus flores;
las piedras, el valor que en sí encerraban.

El santo amor, castísimos amores;
la dulce paz, su quietud sabrosa;
la guerra amarga, todos sus rigores.

Mostrábasele clara la espaciosa
vía por donde el sol hace contino
su natural carrera y la forzosa.

La inclinación, oh fuerza del destino,
y de qué estrellas consta y se compone,
y como influye este planeta o sino,

todo lo sabe, todo lo dispone
la santa hermosísima doncella,
que admiración como alegría pone.

Preguntele al parlero si en la bella
ninfa alguna deidad se disfrazaba
que fuese justo el adorar en ella;

porque en el rico adorno que mostraba,
y en el gallardo ser que descubría,
del cielo y no del suelo semejaba.

—Descubres, respondió, tu bobería,
que ha que la tratas infinitos años,
y no conoces que es la Poesía.

—Siempre la he visto envuelta en pobres paños,
le repliqué; jamás la vi compuesta
con adornos tan ricos y tamaños;

parece que la he visto descompuesta,
vestida de color de primavera
en los días de cutio y los de fiesta.

—Esta, que es la Poesía verdadera,
la grave, la discreta, la elegante,
dijo Mercurio, la alta y la sincera,

siempre con vestidura rozagante
se muestra en cualquier acto que se halla,
cuando a su profesión es importante.

Nunca se inclina o sirve a la canalla
trovadora, maligna y trafalmeja,
que en lo que más ignora menos calla.

Hay otra falsa, ansiosa, torpe y vieja,

amiga de sonaja y morteruelo,
que ni tabanco ni taberna deja.

No se alza dos ni aun un coto del suelo,
grande amiga de bodas y bautismos,
larga de manos, corta de cerbelo.

Tómanla por momentos parasismos;
no acierta a pronunciar, y, si pronuncia,
absurdos hace y forma solecismos.

Baco donde ella está su gusto anuncia,
y ella derrama en coplas el poleo,
compa, y vereda, y el mastranzo, y juncia.

Pero aquesta que ves es el aseo,
la gala de los cielos y la tierra,
con quien tienen las musas su bureo;

ella abre los secretos y los cierra,
toca y apunta de cualquiera ciencia
la superficie y lo mejor que encierra.

Mira con más ahinco su presencia,
verás cifrada en ella la abundancia
de lo que en bueno tiene la excelencia.

Moran con ella en una misma estancia
la divina y moral filosofía,
el estilo más puro y la elegancia.

Puede pintar en la mitad del día
la noche, y en la noche más escura
el alba bella que las perlas cría.

El curso de los ríos apresura,
y le detiene; el pecho a furia incita,
y le reduce luego a más blandura.

Por mitad del rigor se precipita
de las lucientes armas contrapuestas,
y da vitorias, y Vitorias quita.

Verás como le prestan las florestas
sus sombras, y sus cantos los pastores,
el mal sus lutos y el placer sus fiestas,

perlas el Sur, Sabea sus olores,
el oro Tíber, Hibla su dulzura,
galas Milán y Lusitania amores.

En fin, ella es la cifra do se apura
lo provechoso, honesto y deleitable,
partes con quien se aumenta la ventura.

Es de ingenio tan vivo y admirable
que a veces toca en punto que suspenden,

por tener no sé qué de inexcrutable.

Alábanse los buenos, y se ofenden
los malos con su voz, y destos tales
unos la adoran, otros no la entienden.

Son sus obras heroicas inmortales,
las líricas suaves, de manera
que vuelven en divinas las mortales.

Si alguna vez se muestra lisonjera,
es con tanta elegancia y artificio,
que no castigo, sino premio espera.

Gloria de la virtud, pena del vicio
son sus acciones, dando al mundo en ellas
de su alto ingenio y su bondad indicio.—

En esto estaba, cuando por las bellas
ventanas de jazmines y de rosas,
que Amor estaba a lo que entiendo en ellas,

divisé seis personas religiosas,
al parecer de honroso y grave aspeto,
de luengas togas, limpias y pomposas.

Pregúntele a Mercurio: —¿Por qué efeto
aquéllos no parecen y se encubren,
y muestran ser personas de respeto?—

A lo que él respondió: —No se descubren
por guardar el decoro al alto estado
que tienen, y así el rostro todos cubren.

—¿Quién son, le repliqué, si es que te es dado
decirlo?— Respondiome: —No por cierto,
porque Apolo lo tiene así mandado.

—¿No son poetas? —Sí. —Pues yo no acierto
a pensar por qué causa se desprecian
de salir con su ingenio a campo abierto.

¿Para qué se embobecen y se anecian,
escondiendo el talento que da el Cielo
a los que más de ser suyos se precian?

Aquí del rey: ¿Qué es esto? ¿Qué recelo
o celo les impide a no mostrarse
sin miedo ante la turba vil del suelo?

¿Puede ninguna ciencia compararse
con esta universal de la poesía,
que límites no tiene de encerrarse?

Pues siendo esto verdad, saber querría
entre los de la carda, ¿cómo se usa
este miedo, o melindre, o hipocresía?

Hace monseñor versos, y rehusa
que no se sepan, y él los comunica
con muchos, y a la lengua ajena acusa.

Y más que, siendo buenos, multiplica
la fama de su valor, y al dueño canta
con voz de gloria y de alabanza rica.

¿Qué mucho, pues, si no se le levanta
testimonio a un pontífice poeta,
que digan que lo es? Por Dios que espanta.

Por vida de Lanfusa la discreta,
que si no se me dice quién son estos
togados de bonete y de muceta,

que con trazas y modos descompuestos
tengo de reducir a behetría
estos tan sosegados y compuestos.

—Por Dios, dijo Mercurio, y a fe mía,
que no puedo decirlo, y si lo digo,
tengo de dar la culpa a tu porfía.

—Dilo, señor, que desde aquí me obligo
de no decir que tú me lo dijiste,
le dije, por la fe de buen amigo.—

El dijo: —No nos cayan en el chiste,
llégate a mí, dirételo al oído,
pero creo que hay más de los que viste.

Aquel que has visto allí del cuello erguido,
lozano, rozagante y de buen talle,
de honestidad y de valor vestido,

es el Dotor Francisco Sánchez; dalle
puede cual Apolo la alabanza,
que pueda sobre el Cielo levantalle.

Y aun más su famoso ingenio alcanza,
pues en las verdes hojas de sus días
nos da de santos frutos esperanza.

Aquel que en elevadas fantasías
y en éxtasis sabrosos se regala,
y tanto imita las acciones mías,

es el Maestro Orense, que la gala
se lleva de la más rara elocuencia
que en las aulas de Atenas se señala.

Su natural ingenio con la ciencia
y ciencias aprendidas le levanta
al grado que le nombra la excelencia.

Aquel de amarillez marchita y santa,

que le encubre de lauro aquella rama
y aquella hojosa y acopada planta,

Fray Juan Baptista Capataz se llama,
descalzo y pobre, pero bien vestido
con el adorno que le da la fama.

Aquel que del rigor fiero de olvido
libra su nombre con eterno gozo,
y es de Apolo y las musas bien querido.

anciano en el ingenio y nunca mozo,
humanista divino, es, según pienso,
el insigne Dotor Andrés del Pozo.

Un licenciado de un ingenio inmenso
es aquél, y aunque en traje mercenario,
como a señor le dan las musas censo;

Ramón se llama, auxilio necesario
con que Delio se esfuerza y ve rendidas
las obstinadas fuerzas del contrario.

El otro, cuyas sienes ves ceñidas
con los brazos de Dafne en triunfo honroso,
sus glorias tiene en Alcalá esculpidas.

En su ilustre teatro vitorioso
le nombra el cisne en canto no funesto,
siempre el primero como a más famoso.

A los donaires suyos echó el resto
con propiedades al gorrón debidas,
por haberlos compuesto o descompuesto.

Aquestas seis personas referidas,
como están en divinos puestos puestas
y en sacra religión constituidas,

tienen las alabanzas por molestas
que les dan por poetas, y holgarían
llevar la loa sin el nombre a cuestas.

—¿Por qué, le pregunté, señor, porfían
los tales a escribir y dar noticia
de los versos que paren y que crían?

También tiene el ingenio su codicia,
y nunca la alabanza se desprecia:
que al bueno se le debe de justicia,

Aquel que de poeta no se precia,
¿para qué escribe versos y los dice?
¿Por qué desdeña lo que más aprecia?

Jamás me contenté ni satisfice
de hipócritas melindres. Llanamente

quise alabanzas de lo que bien hice.

—Con todo, quiere Apolo que esta gente
religiosa se tenga aquí secreta,
dijo el dios que presume de elocuente.

Oyóse en esto el son de una corneta,
y un trapa, trapa, aparta, afuera, afuera,
que viene un gallardísimo poeta.

Volví la vista y vi por la ladera
del monte un postillón y un caballero
correr, como se dice, a la ligera.

Servía el postillón de pregonero,
mucho más que de guía, a cuyas voces
en pie se puso el escuadrón entero.

Preguntome Mercurio: —¿No conoces
quién es este gallardo, este brioso?
Imagino que ya le reconoces.

—Bien, yo le respondí; que es el famoso
gran Don Sancho de Leiva, cuya espada
y pluma harán a Delio venturoso.

Vencerase sin duda esta jornada
con tal socorro;— y en el mismo instante,
cosa que parecía imaginada,

otro favor no menos importante
para el caso temido se nos muestra,
de ingenio y fuerza, y valor bastante.

Una tropa gentil por la siniestra
parte del monte descubriose; ¡oh cielos,
que dais de vuestra providencia muestra!

Aquel discreto Juan de Basconcelos
venía delante en un caballo bayo,
dando a las musas lusitanas celos.

Tras él el Capitán Pedro Tamayo
venía, y, aunque enfermo de la gota,
fue al enemigo asombro, fue desmayo.

Que por él vio en fuga, y puesto en rota;
que en los dudosos trances de la guerra
su ingenio admira y su valor se nota.

También llegaron a la rica tierra,
puestos debajo de una blanca seña,
por la parte derecha de la sierra.

otros, de quien tomó luego reseña
Apolo; y era dellos el primero
el joven Don Fernando de Lodeña,

poeta primerizo, insigne empero,
en cuyo ingenio Apolo deposita
sus glorias para el tiempo venidero.

Con majestad real, con inaudita
pompa llegó, y al pie del monte para
quien los bienes del monte solicita:

el Licenciado fue Juan de Vergara
el que llegó, con quien la turba ilustre
en sus vecinos medios se repara.

De Esculapio y de Apolo gloria y lustre,
si no, dígalo el santo bien partido,
y su fama la misma envidia ilustre.

Con él fue con aplauso recebido
el docto Juan Antonio de Herrera,
que puso en fil el desigual partido.

¡Oh, quién con lengua en nada lisonjera,
sino con puro afecto en grande exceso,
dos que llegaron a alabar pudiera!

Pero no es de mis hombros este peso.
Fueron los que llegaron los famosos,
los dos maestros Calvo y Valdivieso.

Luego se descubrió por los undosos
llanos del mar una pequeña barca
impelida de remos presurosos;

llegó, y al punto della desembarca
el gran Don Juan de Argote y de Gamboa
en compañía de Don Diego Abarca,

sujetos dinos de incesable loa;
y Don Diego Jiménez y de Enciso
dio un salto a tierra desde la alta proa.

En estos tres la gala y el aviso
cifró cuanto de gusto en sí contienen,
como su ingenio y obras dan aviso.

Con Juan López del Valle otros dos vienen
juntos allí, y es Pamones el uno,
con quien las musas ojeriza tienen,

porque pone sus pies por do ninguno
las puso, y con sus nuevas fantasías
mucho más que agradable es importuno.

De lejas tierras por incultas vías
llegó el bravo irlandés Don Juan Bateo,
Jerjes nuevo en memoria en nuestros días.

Vuelvo la vista, a Mantuano veo,

que tiene al gran Velasco por Mecenas,
y ha sido acertadísimo su empleo.
   Dejarán estos dos en las ajenas
tierras, como en las propias, dilatados
sus nombres, que tú, Apolo, así lo ordenas.
   Por entre dos fructíferos collados
(¿habrá quien esto crea, aunque lo entienda?),
de palmas y laureles coronados,
   el grave aspecto del abad Maluenda
pareció, dando al monte luz y gloria
y esperanzas de triunfo en la contienda.
   Pero ¿de qué enemigos la vitoria
no alcanzará un ingenio tan florido
y una bondad tan digna de memoria?
   Don Antonio Gentil de Vargas, pido
espacio para verte, que llegaste
de gala y arte y de valor vestido;
   y aunque de patria ginovés, mostraste
ser en las musas castellanas doto,
tanto que al escuadrón todo admiraste.
   Desde el indio apartado del remoto
mundo llegó mi amigo Montesdoca,
y el que anudó de Arauco el nudo roto.
   Dijo Apolo a los dos: —A entrambos toca
defender esta vuestra rica estancia
de la canalla de vergüenza poca.
   La cual de error armada y de arrogancia
quiere canonizar y dar renombre
inmortal y divino a la ignorancia;
   que tanto puede la afición que un hombre
tiene a sí mismo, que, ignorante siendo,
de buen poeta quiere alcanzar nombre.
   En esto, otro milagro, otro estupendo
prodigio se descubre en la marina,
que en pocos versos declarar pretendo.
   Una nave a la tierra tan vecina
llegó, que desde el sitio donde estaba
se ve cuanto hay en ella y determina.
   De más de cuatro mil salmas pasaba,
que otros suelen llamarlas toneladas,
ancha de vientre y de estatura brava:
   así como las naves que cargadas
llegan de la oriental India a Lisboa,

que son por las mayores estimadas,
  ésta llegó desde la popa a proa
cubierta de poetas, mercancía
de quien hay saca en Calicut y en Goa.

  Tomole al rojo dios alferecía
por ver la muchedumbre impertinente
que en socorro del monte le venía.

  Y en silencio rogó devotamente
que el vaso naufragase en un momento
al que gobierna el húmido tridente.

  Uno de los del número, hambriento,
se puso en esto al borde de la nave,
al parecer mohino y mal contento;

  y en voz que ni de tierna ni suave
tenía un solo adarme, gritando
(dijo tal vez colérico, y tal grave)

  lo que impaciente estuve yo escuchando,
porque vi sus razones ser saetas
que iban mi alma y corazón clavando:

  —¡Oh tú, dijo, traidor, que los poetas
canonizaste de la larga lista,
por causas y por vías indirectas;

  ¿dónde tenías, Magancés, la vista
aguda de tu ingenio, que así ciego
fuiste tan mentiroso coronista?

  Yo te confieso, oh bárbaro, y no niego
que algunos de los muchos que escogiste
sin que el respeto te forzase o el ruego,

  en el debido punto los pusiste;
pero con los demás, sin duda alguna,
pródigo de alabanzas anduviste.

  Has alzado a los cielos la fortuna
de muchos que en el centro del olvido,
sin ver la luz del sol ni de la luna,

  yacían; ni llamado ni escogido
fue el gran pastor de Iberia, el gran Bernardo
que de la Vega tiene el apellido.

  Fuiste envidioso, descuidado y tardo,
y a las ninfas de Henares y pastores
como a enemigo les tiraste un dardo.

  Y tienes tú poetas tan peores
que éstos en tu rebaño, que imagino
que han de sudar si quieren ser mejores.

Que si este agravio no me turba el tino,
siete trovistas desde aquí diviso,
a quien suelen llamar de torbellino,
  con quien la gala, discreción y aviso
tienen poco que ver, y tú los pones
dos leguas más allá del paraíso.
  Estas quimeras, estas invenciones
tuyas te han de salir al rostro un día
si más no te mesuras y compones.—
  Esta amenaza y gran descortesía
mi blando corazón llenó de miedo
y, dio al través con la paciencia mía.
  Y volviéndome a Apolo con denuedo
mayor del que esperaba de mis años,
con voz turbada y con semblante acedo
  le dije: —Con bien claros desengaños
descubro que el servirte me granjea
presentes miedos de futuros daños.
  Haz, oh señor, que en público se lea
la lista que Cilenio llevó a España,
por que mi culpa poca aquí se vea.
  Si tu deidad en escoger se engaña,
y yo sólo aprobé lo que él me dijo,
¿por qué este simple contra mí se ensaña?
  Con justa causa y con razón me aflijo
de ver cómo estos bárbaros se inclinan
a tenerme en temor duro y prolijo.
  Unos, porque los puse me abominan;
otros, porque he dejado de ponellos
de darme pesadumbre determinan.
  Yo no sé cómo me avendré con ellos;
los puestos se lamentan, los no puestos
gritan, yo tiemblo déstos y de aquéllos.
  Tú, señor, que eres dios, dales los puestos
que piden sus ingenios; llama y nombra
los que fueren más hábiles y prestos.
  Y porque el turbio miedo que me asombra
no me acabe, acabada esta contienda,
cúbreme con tu manto y con tu sombra,
  O ponme una señal por do se entienda
que soy hechura tuya y de tu casa,
y así no habrá ninguno que me ofenda.
  —Vuelve la vista y mira lo que pasa—,

fue de Apolo enojado la respuesta,
que ardiendo en ira el corazón le abrasa.
   Volvíla, y vi la más alegre fiesta,
y la más desdichada y compasiva
que el mundo vio, ni aun la verá cual esta.
   Mas no se espere que yo aquí la escriba,
sino en la parte quinta, en quien espero
cantar con voz tan entonada y viva
que piensen que soy cisne y que me muero.

CAPÍTULO V

Oyó el señor del húmido tridente
las plegarias de Apolo, y escuchólas
con alma tierna y corazón clemente.

Hizo de ojo y dio del pie a las olas,
y sin que lo entendiesen los poetas,
en un punto hasta el cielo levantólas.

Y él por ocultas vías y secretas
se agazapo debajo del navio,
y usó con él de sus traidoras tretas,

Hirió con el tridente en lo vacío
del buco, y el estómago le llena
de un copioso corriente amargo río.

Advertido el peligro, al aire suena
una confusa voz, la cual resulta
de otras mil que el temor forma y la pena.

Poco a poco el bajel pobre se oculta
en las entrañas del cerúleo y cano
vientre, que tantas ánimas sepulta.

Suben los llantos por el aire vano
de aquellos miserables, que suspiran
por ver su irreparable fin cercano.

Trepan y suben por las jarcias, miran
cuál del navio es el lugar más alto,
y en él muchos se apiñan y retiran.

La confusión, el miedo, el sobresalto
les turba los sentidos, que imaginan
que desta a la otra vida es grande el salto.

Con ningún medio ni remedio atinan;
pero creyendo dilatar su muerte,
algún tanto a nadar se determinan.

Saltan muchos al mar de aquella suerte
que al charco de la orilla saltan ranas
cuando el miedo o el ruido las advierte.

Hienden las olas del romperse canas,
menudean las piernas y los brazos,
aunque enfermos están y ellas no sanas.

Y en medio de tan grandes embarazos,
la vista ponen en la amada orilla,
deseosos de darla mil abrazos.

Y sé yo bien que la fatal cuadrilla,

antes que allí, holgara de hallarse
en el Compás famoso de Sevilla.

Que no tienen por gusto el ahogarse,
discreta gente al parecer en esto;
pero valioles poco el esforzarse;

que el padre de las aguas echó el resto
de su rigor, mostrándose en su carro
con rostro airado y ademán funesto.

Cuatro delfines, cada cual bizarro,
con cuerdas hechas de tejidas ovas
le tiraban con furia y con desgarro.

Las ninfas en sus húmidas alcobas
sienten tu rabia, oh vengativo nume,
y de sus rostros la color les robas.

El nadante poeta que presume
llegar a la ribera defendida,
sus ayes pierde y su tesón consume;

que su corta carrera es impelida
de las agudas puntas del tridente,
entonces fiero y áspero homicida.

¡Quién ha visto muchacho diligente
que en goloso a sí mesmo sobrepuja,
que no hay comparación más conveniente,

picar en el sombrero la granuja,
que el hallazgo le puso allí o la sisa,
con punta alfileresca o ya de aguja!

Pues no con menor gana o menor prisa,
poetas ensartaba el nume airado
con gusto infame y con dudosa risa.

En carro de cristal venía sentado,
la barba luenga y llena de marisco,
con dos gruesas lampreas coronado.

Hacían de sus barbas firme aprisco
la almeja, el morsillón, pulpo y cangrejo,
cual le suelen hacer en peña o risco.

Era de aspecto venerable y viejo;
de verde, azul y plata era el vestido,
robusto al parecer y de buen rejo;

aunque como enojado, denegrido
se mostraba en el rostro, que la saña
así turba el color como el sentido.

Airado contra aquellos más se ensaña
que nadan más, y sáleles al paso,

juzgando a gloria tan cobarde hazaña.

En esto, ¡oh nuevo y milagroso caso,
diño de que se cuente poco a poco
y con los versos de Torcato Taso!

Hasta aquí no he invocado, ahora invoco
vuestro favor, ¡oh musas!, necesario
para los altos puntos en que toco.

Descerrajad vuestro más rico almario,
y el aliento me dad que el caso pide,
no humilde, no ratero ni ordinario.

Las nubes hiende, el aire pisa y mide
la hermosa Venus Acidalia, y baja
del cielo, que ninguno se lo impide.

Traía vestida de pardilla faja
una gran saya entera, hecha al uso,
que le dice muy bien, cuadra y encaja.

Luto que por su Adonis se le puso
luego que el gran colmillo del berraco
a atravesar sus ingles se dispuso.

A fe que si el mocito fuera Maco,
que él guardara la cara al colmilludo,
que dio a su vida y su belleza saco.

Oh valiente garzón, más que sesudo,
¿cómo estando avisado, tu mal tomas
entrando en trance tan horrendo y crudo?

En esto las mansísimas palomas
que el carro de la diosa conducían
por el llano del mar y por las lomas,

por unas y otras partes discurrían,
hasta que con Neptuno se encontraron,
que era lo que buscaban y querían.

Los dioses que se ven, se respetaron
y haciendo sus zalemas a lo moro,
de verse juntos en extremo holgaron.

Guardáronse real grave decoro,
y procuró Ciprinia en aquel punto
mostrar de su belleza el gran tesoro.

Ensanchó el verdugado, y diole el punto
con ciertos puntapiés que fueron coces
para el dios que las vio y quedó difunto.

Un poeta llamado Don Quincoces
andaba semivivo en las saladas
ondas, dando gemidos y no voces.

Con todo dijo en mal articuladas
palabras: —Oh señora, la de Pafo,
y de las otras dos islas nombradas,

   muévate a compasión el verme gafo
de pies y manos, y que ya me ahogo
en otras linfas que las del Garrafo.

   Aquí será mi pira, aquí mi rogo,
aquí será Quincoces sepultado,
que tuvo en su crianza pedagogo.—

   Esto dijo el mezquino; esto escuchado
fue de la diosa con ternura tanta,
que volvió a componer el verdugado.

   Y luego en pie y piadosa se levanta,
y poniendo los ojos en el viejo,
desembudó la voz de la garganta,

   y con cierto desdén y sobrecejo,
entre enojada y grave y dulce, dijo
lo que al húmido dios tuvo perplejo.

   Y aunque no fue su razonar prolijo,
todavía le trujo a la memoria
hermano de quién era y de quién hijo.

   Representole cuán pequeña gloria
era llevar de aquellos miserables
el triunfo infausto y la cruel victoria.

   El dijo: —Si los hados inmudables
no hubieran dado la fatal sentencia
destos en su ignorancia siempre estables,

   una brizna no más de tu presencia
que viera yo, bellísima señora,
fuera de mi rigor, la resistencia.

   ¡Mas ya no puede ser, que ya la hora
llegó donde mi blanda y mansa mano
ha de mostrar que es dura y vencedora.

   Que éstos de proceder siempre inhumano,
en sus versos han dicho cien mil veces,
azotando las aguas del mar cano:

   —Ni azotando ni viejo me pareces,
replicó Venus—; y él le dijo a ella:
—Puesto que me enamoras, no enterneces;

   que de tal modo la fatal estrella
influye destos tristes, que no puedo
dar felice despacho a tu querella.

   Del querer de los hados sólo un dedo

no me puedo apartar, ya tú lo sabes;
ellos han de acabar, y ha de ser cedo.
 —Primero acabarás que los acabes,
le respondió madama, la que tiene
de tantas voluntades puerta y llaves;
 que aunque el hado feroz su muerte ordene
el modo no ha de ser a tu contento,
que muchas muertes el morir contiene—
 Turbose en esto el líquido elemento,
de nuevo renovóse la tormenta,
sopló más vivo y más apriesa el viento.
 La hambrienta mesnada, y no sedienta,
se rinde al huracán recién venido,
y por más no penar muere contenta.
 ¡Oh raro caso y por jamás oído
ni visto! ¡Oh nuevas y admirables trazas
de la gran reina obedecida en Gnido!
 En un instante, el mar de calabazas
se vio cuajado, algunas tan potentes,
que pasaban de dos y aun de tres brazas.
 También hinchados odres y valientes,
sin deshacer del mar la blanca espuma,
nadaban de mil talles diferentes.
 Esta trasmutación fue hecha, en suma,
por Venus de los lánguidos poetas,
porque Neptuno hundirlos no presuma.
 El cual le pidió a Febo sus saetas,
cuya arma arrojadiza desde aparte
a Venus defraudara de sus tretas.
 Negóselas Apolo; y veis do parte
enojado el vejón con su tridente,
pensándolos pasar de parte a parte;
 mas éste se resbala, aquél no siente
la herida, y dando esguince se desliza,
y él queda de la cólera impaciente.
 En esto Bóreas su furor atiza,
y lleva antecogida la manada,
que con la de los cerdos simboliza.
 Pidióselo la diosa aficionada
a que vivan poetas zarabandos,
de aquellos de la seta almidonada;
 de aquellos blancos, tiernos, dulces, blandos,
de los que por momentos se dividen

en varias setas y en contrarios bandos.
  Los contrapuestos vientos se comiden
a complacer la bella rogadora,
y con un solo aliento la mar miden,
  llevando la piara gruñidora
en calabazas y odres convertida,
a los reinos contrarios del aurora.
  Desta dulce semilla referida,
España, verdad cierta, tanto abunda,
que es por ella estimada y conocida.
  Que aunque en armas y en letras es fecunda
más que cuantas provincias tiene el suelo,
su gusto en parte en tal semilla funda.
  Después desta mudanza que hizo el Cielo,
o Venus, o quien fuese, que no importa
guardar puntualidad como yo suelo,
  no veo calabaza, o luenga o corta,
que no imagine que es algún poeta
que allí se estrecha, encubre, encoge, acorta.
  Pues que cuando veo un cuero (¡oh mal discreta
y vana fantasía, así engañada,
que a tanta liviandad estás sujeta!)
  pienso que el piezgo de la boca atada
es la faz del poeta, transformado
en aquella figura mal hinchada.
  Y cuando encuentro algún poeta honrado,
digo poeta firme y valedero,
hombre vestido bien y bien calzado,
  luego se me figura ver un cuero,
o alguna calabaza, y desta suerte
entre contrarios pensamientos muero;
  y no sé si lo yerre o si lo acierte
en que a las calabazas y a los cueros
y a los poetas trate de una suerte.
  Cernícalos que son lagartijeros
no esperen de gozar las preeminencias
que gozan gavilanes no pecheros.
  Puestas en paz ya las diferencias
de Delio, y los poetas transformados
en tan vanas y huecas apariencias,
  los mares y los vientos sosegados,
sumergiose Neptuno mal contento
en sus palacios de cristal labrados.

Las mansísimas aves por el viento
volaron, y a la bella Ciprinia
pusieron en su reino a salvamento.

Y en señal que del triunfo quedó ufana,
lo que hasta allí nadie acabó con ella,
del luto se quitó la saboyana,

quedando en cueros tan briosa y bella,
que se supo después que Marte anduvo
todo aquel día y otros dos tras ella.

Todo el cual tiempo el escuadrón estuvo
mirando atento la fatal ruina
que la canalla transformada tuvo.

Y viendo despejada la marina,
Apolo, del socorro mal venido,
de dar fin al gran caso determina.

Pero en aquel instante un gran ruido
se oyó, con que la turba se alboroza
y pone vista alerta y presto oído.

Y era quien le formaba una carroza
rica, sobre la cual venía sentado
el grave Don Lorenzo de Mendoza,

de su felice ingenio acompañado,
de su mucho valor y cortesía,
joyas inestimables, adornado.

Pedro Juan de Rejaule le seguía
en otro coche, insigne valenciano
y grande defensor de la poesía.

Sentado viene a su derecha mano
Juan de Solís, mancebo generoso,
de raro ingenio, en verdes años cano.

Y Juan de Carvajal, dotor famoso,
les hace tercio, y no por ser pesado
dejan de hacer su curso presuroso.

Porque el divino ingenio al levantado
valor de aquestos tres que el coche encierra,
no hay impedirle monte ni collado.

Pasan volando la empinada sierra,
las nubes tocan, llegan casi al cielo,
y alegres pisan la famosa tierra.

Con este mismo honroso y grave celo,
Bartolomé de Mola y Gabriel Laso
llegaron a tocar del monte el suelo.

Honra las altas cimas de Parnaso

Don Diego, que de Silva tiene el nombre,
y por ellas alegre tiende el paso.

A cuyo ingenio y sin igual renombre
toda ciencia se inclina y le obedece,
y le levanta a ser más que de hombre.

Dilátanse las sombras, y descrece
el día, y de la noche el negro manto
guarnecido de estrellas aparece.

Y el escuadrón que había esperado tanto
en pie, se rinde al sueño perezoso
de hambre y sed y de mortal quebranto.

Apolo entonces poco luminoso,
dando hasta los antípocas un brinco,
siguió su accidental curso forzoso.

Pero primero licenció a los cinco
poetas titulados a su ruego,
que lo pidieron con extraño ahinco,

por parecerles risa, burla y, juego
empresas semejantes; y así, Apolo
condescendió con sus deseos luego;

que es el galán de Dafne único y solo
en usar cortesía sobre cuantos
descubre el nuestro y el contrario polo.

Del lóbrego lugar de los espantos
sacó su hisopo el lánguido Morfeo,
con que ha rendido y embocado a tantos.

Y del licor que dicen que es Leteo,
que mana de la fuente del Olvido,
los párpados bañó a todos arreo.

El más hambriento se quedó dormido:
dos cosas repugnantes, hambre y sueño,
privilegio a poetas concedido.

Yo quedé, en fin, dormido como un leño,
llena la fantasía de mil cosas,
que de contallas mi palabra empeño,
por más que sean en sí dificultosas.

CAPÍTULO VI

De una de tres causas los ensueños
se causan, o los sueños, que este nombre
les dan los que del bien hablar son dueños.

Primera, de las cosas de que el hombre
trata más de ordinario; la segunda
quiere la medicina que se nombre

del humor que en nosotros más abunda;
toca en revelaciones la tercera,
que en nuestro bien más que las dos redunda.

Dormí, y soñé, y el sueño la tercera
causa le dio principio suficiente
a mezclar el ahito y la dentera.

Sueña el enfermo a quien la fiebre ardiente
abrasa las entrañas que en la boca
tiene de las que ha visto alguna fuente.

Y el labio al fugitivo cristal toca,
y el dormido consuelo imaginado
crece el deseo y no la sed apoca.

Pelea el valentísimo soldado
dormido casi al modo que despierto
se mostró en el combate fiero armado.

Acude el tierno amante a su concierto,
y en la imaginación dormido llega
sin padecer borrasca a dulce puerto.

El corazón el avariento entrega
en la mitad del sueño a su tesoro,
que el alma en todo tiempo no le niega.

Yo, que siempre guardé el común decoro
en las cosas dormidas y despiertas,
pues no soy troglodita ni soy moro,

de par en par del alma abrí las puertas,
y dejé entrar al sueño por los ojos
con premisas de gloria y gusto ciertas.

Gocé durmiendo cuatro mil despojos,
que los conté sin que faltase alguno,
de gustos que acudieron a manojos.

El tiempo, lo ocasión, el oportuno
lugar correspondía al efeto
juntos y por sí solo cada uno.

Dos horas dormí y más a lo discreto,

sin que imaginaciones ni pavores
el celebro tuviesen inquieto.

La suelta fantasía entre mil flores
me puso de un pradillo, que exhalaba
de Pancaya y Sabea los olores.

El agradable sitio se llevaba
tras sí la vista, que, durmiendo, viva
mucho más que despierta se mostraba.

Palpable vi, mas no sé si lo escriba,
que a las cosas que tienen de imposibles
siempre mi pluma se ha mostrado esquiva.

Las que tienen vislumbre de posibles,
de dulces, de suaves y de ciertas,
explican mis borrones apacibles.

Nunca a disparidad abre las puertas
mi corto ingenio, y hállalas contino
de par en par la consonancia abiertas.

¿Cómo puede agradar un desatino
si no es que de propósito se hace,
mostrándole el donaire su camino?

Que entonces la mentira satisface
cuando verdad parece y está escrita
con gracia que al discreto y simple aplace.

Digo, volviendo al cuento, que infinita
gente vi discurrir por aquel llano
con algazara placentera y grita;

con hábito decente y cortesano
algunos, a quien dio la hipocresía
pobre, pero limpio y sano.

Otros de la color que tiene el día,
cuando la luz primera se aparece,
entre las trenzas de la aurora fría.

La variada primavera ofrece
de sus varias colores la abundancia,
con que a la vista el gusto alegre crece.

La prodigalidad, la exorbitancia
campean juntas por el verde prado
con galas que descubren su ignorancia;

En un trono del suelo levantado
(do el arte a la materia se adelanta,
puesto que de oro y de marfil labrado)

una doncella vi, desde la planta
del pie hasta la cabeza así adornada,

que el verla admira y el oírla encanta.
　Estaba en él con majestad sentada,
giganta al parecer en la estatura,
pero, aunque grande, bien proporcionada.
　Parecía mayor su hermosura
mirada desde lejos, y no tanto
si de cerca se ve su compostura;
　l leno de admiración, colmo de espanto,
puse en ella los ojos, y vi en ella
lo que en mis versos desmayados canto.
　Yo no sabré afirmar si era doncella,
aunque he dicho que sí, que en estos casos
la vista más aguda se atropella.
　Son por la mayor parte siempre escasos
de razón los juicios maliciosos
en juzgar rotos los enteros vasos.
　Altaneros sus ojos y amorosos
se mostraban con cierta mansedumbre,
que los hacía en todo extremo hermosos.
　Ora fuese artificio, ora costumbre,
los rayos de su luz tal vez crecían,
y tal vez daban encogida lumbre.
　Dos ninfas a sus lados asistían,
de tan gentil donaire y apariencia,
que, miradas, las almas suspendían.
　De la del alto trono en la presencia
desplegaban sus labios en razones
ricas en suavidad, pobres en ciencia.
　Levantaban al cielo sus blasones,
que estaban, por ser pocos o ningunos,
escritos del olvido en los borrones.
　Al dulce murmurar, al oportuno
razonar de las dos, la del asiento
que en belleza jamás le igualó alguno,
　luego se puso en pie, y en un momento
me pareció que dio con la cabeza
más allá de las nubes, y no miento;
　y no perdió por esto su belleza,
antes, mientras más grande, se mostraba
igual su perfección a su grandeza;
　los brazos de tal modo dilataba,
que de do nace a donde muere el día
los opuestos extremos alcanzaba.

La enfermedad llamada hidropesía
así le hincha el vientre, que parece
que todo el mar caber en él podía.

Al modo destas partes así crece
toda su compostura; y no por esto,
cual dije, su hermosura desfallece.

Yo, atónito, esperaba ver el resto
de tan grande prodigio, y diera un dedo
por saber la verdad segura y presto.

Uno, y no sabré quién, bien claro y quedo
al oído me habló y me dijo: —Espera,
que yo decirte lo que quieres puedo.

Esta que ves, que crece de manera
que apenas tiene ya lugar do quepa,
y aspira en la grandeza a ser primera;

esta que por las nubes sube y trepa
hasta llegar al cerco de la luna
(puesto que el modo de subir no sepa),

es la que, confiada en su fortuna,
piensa tener en la inconstante rueda
el eje quedo y sin mudanza alguna.

Esta que no halla mal que le suceda,
ni le teme, atrevida y arrogante,
pródiga siempre, venturosa y leda,

es la que con disinio extravagante
dio en crecer poco a poco hasta ponerse,
cual ves, en estatura de gigante.

No deja de crecer por no atreverse
a emprender las hazañas más notables,
adonde puedan sus extremos verse.

¿No has oído decir los memorables
arcos, anfiteatros, templos, baños,
termas, pórticos, muros admirables,

que, a pesar y despecho de los años,
aun duran sus reliquias y entereza,
haciendo al tiempo y a la muerte engaños?—

Yo respondí:— Por mí ninguna pieza
desas que has dicho, dejo de tenella
clavada y remachada en la cabeza.

Tengo el sepulcro de la viuda bella,
y el coloso de Rodas allí junto,
y la lanterna que sirvió de estrella.

Pero vengamos de quién es al punto

ésta, que lo deseo—. Haráse luego,
me respondió la voz en bajo punto.

Y prosiguió diciendo: —A no estar ciego,
hubieras visto ya quién es la dama;
pero, en fin, tienes el ingenio lego.

Esta que hasta los cielos se encarama,
preñada, sin saber cómo, del viento,
es hija del Deseo y de la Fama.

Esta fue la ocasión y el instrumento
en todo y parte de que el mundo viese
no siete maravillas, sino ciento.

Corto número es ciento; aunque dijese
cien mil y más millones, no imagines
que en la cuenta del número excediese.

Esta condujo a memorables fines,
edificios que asientan en la tierra
y tocan de las nubes los confines.

Esta tal vez ha levantado guerra
donde la paz süave reposaba,
que en límites estrechos no se encierra.

Cuando Mucio en las llamas abrasada
el atrevido fuerte brazo y fiero,
ésta el incendio horrible resfriaba.

Esta arrojó al romano caballero
en el abismo de la ardiente cueva,
de limpio armado y de luciente acero.

Esta tal vez con maravilla nueva
(de su ambiciosa condición llevada)
mil imposibles atrevida prueba.

Desde la ardiente Libia hasta la helada
Citia lleva la fama su memoria,
en grandiosas obras dilatada.

En fin, ella es la altiva Vanagloria,
que en aquellas hazañas se entremete
que llevan de los siglos la vitoria.

Ella misma a sí misma se promete
triunfos y gustos, sin tener asida
a la calva Ocasión por el copete.

Su natural sustento, su bebida,
es aire, y así crece en un instante
tanto, que no hay medida a su medida.

Aquellas dos del plácido semblante
que tiene a sus dos lados, son aquellas

que sirven a la máquina de Atlante.

   Su delicada voz, sus luces bellas,
su humildad aparente, y las lozanas
razones, que el amor se cifra en ellas,

   las hacen más divinas que no humanas,
y son (con paz escucha y con paciencia)
la Adulación y la Mentira, hermanas.

   Estas están contino en su presencia,
palabras ministrándole al oído
que tienen de prudentes aparencia.

   Y ella, cual ciega del mejor sentido,
no ve que entre las flores de aquel gusto
el áspid ponzoñoso está escondido.

   Y así, arrojada con deseo injusto,
en cristalino vaso prueba y bebe
el veneno mortal, sin ningún susto.

   Quien más presume de advertido pruebe
a dejarse adular, verá cuán presto
pasa su gloria como el viento leve.—

   Esto escuché, y en escuchando aquesto,
dio un estampido tal la Gloria vana,
que dio a mi sueño fin dulce y molesto.

   Y en esto descubrióse la mañana,
vertiendo perlas y esparciendo flores,
lozana en vista y en virtud lozana.

   Los dulces pequeñuelos ruiseñores
con cantos no aprendidos le decían,
enamorados della, mil amores.

   Los silgueros el canto repetían,
y las diestras calandrias entonaban
la música que todos componían.

   Unos del escuadrón priesa se daban
porque no los hallase el dios del día
en los forzosos actos en que estaban.

   Y luego se asomó su señoría,
con una cara de tudesco roja,
por los balcones de la aurora fría.

   En parte gorda, en parte flaca y floja,
como quien teme el esperado trance
donde verse vencido se le antoja.

   En propio toledano y buen romance
les dio los buenos días cortésmente,
y luego se aprestó al forzoso lance.

Y encima de un peñasco puesto enfrente
del escuadrón, con voz sonora y grave
esta oración les hizo de repente:

   —¡Oh espíritus felices, donde cabe
la gala del decir, la sutileza
de la ciencia más docta que se sabe;

   donde en su propia natural belleza
asiste la hermosa poësía
entera de los pies a la cabeza!

   No consintáis, por vida vuestra y mía
(mirad con qué llaneza Apolo os habla),
que triunfe esta canalla que porfía.

   Esta canalla, digo, que se endiabla,
que por darles calor su muchedumbre,
ya su ruina, o ya la nuestra entabla.

   Vosotros de mis ojos gloria y lumbre,
faroles do mi luz de asiento mora,
ya por naturaleza o por costumbre,

   ¿habéis de consentir que esta embaidora,
hipócrita gentalla se me atreva,
de tantas necedades inventora?

   Haced famosa y memorable prueba
de vuestro gran valor en este hecho,
que a su castigo y vuestra gloria os lleva.

   De justa indignación armad el pecho,
acometed intrépidos la turba,
ociosa, vagamunda y sin provecho.

   No se os dé nada, no se os dé una burba
(moneda berberisca, vil y baja)
de aquesta gente que la paz nos turba.

   El son de más de una templada caja,
y el del pífaro triste, y la trompeta
que la cólera sube y flema abaja,

   así os incite con virtud secreta
que despierte los ánimos dormidos
en la fación que tanto nos aprieta.

   Ya retumba, ya llega a mis oídos
del escuadrón contrario el rumor grande,
formado de confusos alaridos.

   Ya es menester, sin que os lo ruegue o mande,
que cada cual, como guerrero experto,
sin que por su capricho se desmande,

   la orden guarde y militar concierto,

y acuda a su deber como valiente
hasta quedar o vencedor o muerto.
   En esto por la parte de Poniente
pareció el escuadrón casi infinito
de la bárbara, ciega y pobre gente.
   Alzan los nuestros al momento un grito
alegre, y no medroso y gritan: arma;
arma resuena todo aquel distrito;
y aunque mueran, correr quieren al arma.

CAPÍTULO VII

Tú, belígera musa, tú, que tienes
la voz de bronce y de metal la lengua
cuando a cantar del fiero Marte vienes;
    tú, por quien se aniquila siempre y mengua
el gran género humano; tú, que puedes
sacar mi pluma de ignorancia y mengua;
    tú, mano rota y larga de mercedes,
digo en hacellas: una aquí te pido,
que no hará que menos rica quedes.
    La soberbia y maldad, el atrevido
intento de una gente mal mirada,
ya se descubre con mortal ruido.
    Dame una voz al caso acomodada,
una sotil y bien cortada pluma,
no de afición ni de pasión llevada,
    para que pueda referir en suma,
con purísimo y nuevo sentimiento,
con verdad clara y entereza suma,
    el contrapuesto y desigual intento
de uno y otro escuadrón, que, ardiendo en ira,
sus banderas descoge al vago viento.
    El del bando católico, que mira
al falso y grande al pie del monte puesto,
que de subir al alta cumbre aspira;
    con paso largo y ademán compuesto,
todo el monte coronan, y se ponen
a la furia, que en loca ha echado el resto.
    Las ventajas tantean, y disponen
los ánimos valientes al asalto,
en quien su gloria y su venganza ponen,
    De rabia lleno y de paciencia falto
Apolo, su bellísimo estandarte
mandó al momento levantar en alto.
    Arbolole un marqués, que el propio Marte
su briosa presencia representa
naturalmente, sin industria y arte.
    Poeta celebérrimo y de cuenta,
por quien y en quien Apolo soberano
su gloria y gusto y su valor aumenta.
    Era la insinia un cisne hermoso y cano,

tan al vivo pintado, que dijeras
la voz despide alegre al aire vano;
  siguen al estandarte sus banderas,
de gallardos alféreces llevadas,
honrosas por no estar todas enteras;
  las cajas a lo bélico templadas
al milite más tardo vuelven presto,
de voces de metal acompañadas.
  Jerónimo de Mora llegó en esto,
pintor excelentísimo y poeta,
Apeles y Virgilio en un supuesto.
  Y con la autoridad de una jineta
(que de ser capitán le daba nombre)
al caso acude y a la turba aprieta.
  Y por que más se turbe y más se asombre
el enemigo desigual y fiero,
llegó el gran Biedma de inmortal renombre.
  Y con él Gaspar de Avila, primero
secuaz de Apolo, a cuyo verso y pluma
Iciar puede envidiar, temer Sincero.
  Llegó Juan de Meztanza, cifra y suma
de tanta erudición, donaire y gala,
que no hay muerte ni edad que la consuma.
  Apolo le arrancó de Guatimala,
y le trujo en su ayuda para ofensa
de la canalla en todo extremo mala.
  Hacer milagros en el trance piensa
Cepeda, y acompáñale Mejía,
poetas dinos de alabanza inmensa.
  Clarísimo esplendor de Andalucía
y de la Mancha, el sin igual Galindo
llegó con majestad y bizarría.
  De la alta cumbre del famoso Pindó
bajaron tres bizarros lusitanos,
a quien mis alabanzas todas rindo.
  Con prestos pies y con valientes manos,
con Fernando Correa de la Cerda,
pisó Rodríguez Lobo monte y llanos.
  Y por que Febo su razón no pierda,
el gran Don Antonio de Ataide
llegó con furia alborotada y cuerda.
  Las fuerzas del contrario ajusta y mide
con las suyas Apolo, y determina

dar la batalla, y la batalla pide.
    El ronco son de más de una bocina,
instrumento de caza y de la guerra,
de Febo a los oídos se avecina.
    Tiembla debajo de los pies la tierra
de infinitos poetas oprimida,
que dan asalto a la sagrada sierra.
    El fiero general de la atrevida
gente, que trae un cuervo en su estandarte,
es Arbolanches, muso por la vida.
    Puestos estaban en la baja parte
y en la cima del monte, frente a frente,
los campos de quien tiembla el mismo Marte
    cuando una al parecer discreta gente
del católico bando al enemigo
se pasó, como en número de veinte.
    Yo con los ojos su carrera sigo,
y viendo el paradero de su intento,
con voz turbada al sacro Apolo digo:
    —¿Qué prodigio es aqueste? ¿Qué portento?
O por mejor decir: ¿qué mal agüero,
que así me corta el brío y el aliento?
    Aquel tránsfuga que partió primero,
no sólo por poeta le tenía,
pero también por bravo churrullero.
    Aquel ligero que tras él corría,
en mil corrillos en Madrid le he visto
tiernamente hablar en la poesía.
    Aquel tercero que partió tan listo,
por satírico, necio y por pesado
sé que de todos fue siempre malquisto.
    No puedo imaginar cómo ha llevado
Mercurio estos poetas en su lista.
    —Yo fuí, respondió Apolo, el engañado;
que de su ingenio la primera vista
indicios descubrió que serían buenos
para facilitar esta conquista.
    —Señor, repliqué yo, creí que ajenos
eran de las deidades los engaños,
digo, engañarse en poco más ni menos.
    La Prudencia, que nace de los años
y tiene por maestra la Experiencia,
es la deidad que advierte destos daños.

Apolo respondió: —Por mi conciencia,
que no te entiendo—, algo turbado y triste
por ver de aquellos veinte la insolencia.

Tú, sardo militar, Lofraso, fuiste
uno de aquellos bárbaros corrientes
que del contrario el número creciste.

Mas no por esta mengua los valientes
del escuadrón católico temieron,
poetas madrigados y excelentes.

Antes tanto coraje concibieron
contra los fugitivos corredores,
que riza en ellos y matanza hicieron.

¡Oh falsos y malditos trovadores,
que pasáis plaza de poetas sabios,
siendo la hez de los que son peores!

Entre la lengua, paladar y labios
anda contino vuestra poesía,
haciendo a la virtud cien mil agravios.

Poetas de atrevida hipocresía,
esperad, que de vuestro acabamiento
ya se ha llegado al temeroso día.

De las confusas voces el concento
confuso por el aire resonaba,
de espesas nubes condensando el viento.

Por la falda del monte gateaba
una tropa poética, aspirando
a la cumbre, que bien guardada estaba.

Hacían hincapié de cuando en cuando,
y con hondas de estallo y con ballestas
iban libros enteros disparando.

No del plomo encendido las funestas
balas pudieran ser dañosas tanto,
ni al disparar pudieran ser más prestas.

Un libro mucho más duro que un canto
a Jusepe de Vargas dio en las sienes,
causándole terror, grima y espanto.

Gritó, y dijo a un soneto: —Tú, que vienes
de satírica pluma disparado,
¿por qué el infame curso no detienes?—

Y cual perro con piedras irritado,
que deja al que las tira y va tras ellas,
cual si fueran la causa del pecado,

entre los dedos de sus manos bellas

hizo pedazos al soneto altivo,
que amenazaba al sol y a las estrellas.

Y díjole Cilenio: —¡Oh rayo vivo
donde la justa indignación se muestra
en un grado y valor superlativo,

la espada toma en la temida diestra,
y arrójate valiente y temerario
por esta parte, que el peligro adiestra!

En esto, del tamaño de un breviario
volando un libro por el aire vino,
de prosa y verso, que arrojó el contrario.

De verso y prosa el puro desatino
nos dio a entender que de Arbolanches eran
las Avidas pesadas de contino.

Unas rimas llegaron que pudieran
desbaratar el escuadrón cristiano
si acaso vez segunda se imprimieran.

Diole a Mercurio en la derecha mano
una sátira antigua licenciosa,
de estilo agudo, pero no muy sano.

De una intricada y mal compuesta prosa,
de un asunto sin jugo y sin donaire,
cuatro novelas disparó Pedrosa.

Silbando recio y desgarrando el aire,
otro libro llegó de rimas solas,
hechas al parecer como al desgaire.

Violas Apolo, y dijo cuando violas:
—Dios perdone a su autor, y a mí me guarde
de algunas rimas sueltas españolas.—

Llegó el Pastor de Iberia, aunque algo tarde,
y derribó catorce de los nuestros,
haciendo de su ingenio y fuerza alarde.

Pero dos valerosos, dos maestros,
dos lumbreras de Apolo, dos soldados,
únicos en hablar y en obrar diestros,

del monte puesto en opuestos lados,
tanto apretaron a la turbamulta
que volvieron atrás los encumbrados.

Es Gregorio de Angulo el que sepulta
la canalla, y con él Pedro de Soto,
de prodigioso ingenio y vena culta.

Doctor aquél, estotro único y doto
licenciado, de Apolo ambos secuaces,

con raras obras y ánimo devoto.

    Las dos contrarias indignadas haces
ya miden las espadas, ya se cierran,
duras en su tesón y pertinaces.

    Con los dientes se muerden, y se aferran
con las garras, las fieras imitando,
que toda piedad de sí destierran.

    Haldeando venía y trasudando
el autor de *La Pícara Justina,*
capellán lego del contrario bando.

    Y cual si fuera de una culebrina,
disparó de sus manos su librazo,
que fue de nuestro campo la ruina.

    Al buen Tomás Gracián mancó de un brazo,
a Medinilla derribó una muela
y le llevó de un muslo un gran pedazo.

    Una despierta nuestra centinela,
gritó: —Todos abajen la cabeza,
que dispara el contrario otra novela.—

    Dos pelearon una larga pieza,
y el uno al otro con instancia loca
de un envión, con arte y con destreza,

    seis seguidillas le encajó en la boca,
con que le hizo vomitar el alma,
que salió libre de su estrecha roca.

    De la furia el ardor, del sol la calma
tenía en duda de una y otra parte
la vencedora y pretendida palma.

    Del cuervo en esto el lóbrego estandarte
cede al del cisne, porque vino al suelo
pasado el corazón de parte a parte.

    Su alférez, que era un andaluz mozuelo,
trovador repentista, que subía
con la soberbia más allá del cielo,

    helósele la sangre que tenía,
murióse cuando vio que muerto estaba.
La turba, pertinaz en su porfía,

    puesto que ausente el gran Lupercio estaba,
con un solo soneto suyo hizo
lo que de su grandeza se esperaba:

    desencuadernó, desencajó, deshizo
del opuesto escuadrón catorce hileras,
dos criollos mató, hirió un mestizo.

De sus sabrosas burlas y sus veras
el magno cordobés un cartapacio
disparó, y aterró cuatro banderas.

Daba ya indicios de cansado y lacio
el brío de la bárbara canalla,
peleando más flojo y más despacio.

Mas renovóse la fatal batalla
mezclándose los unos con los otros;
ni vale arnés, ni presta dura malla.

Cinco melifluos sobre cinco potros
llegaron, y embistieron por un lado,
y lleváronse cinco de nosotros.

Cada cual, como moro ataviado
con más letras y cifras que una carta
de príncipe enemigo y recatado,

de romances moriscos una sarta
cual si fuera de balas enramadas,
llega con furia y con malicia harta.

Y a no estar dos escuadras avisadas
de las nuestras del recio tiro y presto,
era fuerza quedar desbaratadas.

Quiso Apolo indignado echar el resto
de su poder y de su fuerza sola,
y dar al enemigo fin molesto.

Y una sacra canción, donde acrisola
su ingenio, gala, estilo y bizarría
Bartolomé Leonardo de Argensola,

cual si fuera un petrarte Apolo envía
adonde está el tesón más apretado,
más dura y más furiosa la porfía.

Cuando me paro a contemplar mi estado,
comienza la canción, que Apolo pone
en el lugar más noble y levantado.

Todo lo mira, todo lo dispone
con ojos de Argos, manda, quita y veda,
y del contrario a todo ardid se opone.

Tan mezclados están, que no hay quien pueda
discernir cuál es malo o cuál es bueno,
cuál es Garcilasista o Timoneda.

Pero un mancebo de ignorancia ajeno,
grande escudriñador de toda historia,
rayo en la pluma y en la voz un trueno,

llegó tan rica el alma de memoria,

de sana voluntad y entendimiento,
que fue de Febo y de las musas gloria.

Con esto aceleróse el vencimiento,
porque supo decir: Este merece
gloria, pero aquél no, sino tormento.

Y como ya con distinción parece
el justo y el injusto combatiente,
el gusto al paso de la pena crece.

Tú, Pedro Mantuano el excelente,
fuiste quien distinguió de la confusa
máquina el que es cobarde del valiente.

Julián de Almendáriz no rehusa,
puesto que llegó tarde, en dar socorro
al rubio Delio con su ilustre musa.

Por las rucias que peino, que me corro
de ver que las comedias endiabladas
por divina se pongan en el corro.

Y a pesar de las limpias y atildadas
del cómico mejor de nuestra Hesperia,
quieren ser conocidas y pagadas.

Mas no ganaron mucho en esta feria,
porque es discreto el vulgo de la corte,
aunque le toca la común miseria.

De llano no le deis, dadle de corte,
estancias polifemas, al poeta
que no os tuviere por su guía y norte.

Inimitables sois, y a la discreta
gala que descubrís en lo escondido,
toda elegancia puede estar sujeta.

Con estas municiones el partido
nuestro se mejoró de tal manera,
que el contrario se tuvo por vencido.

Cayó su presunción soberbia y fiera,
derrúmbanse del monte abajo cuantos
presumieron subir por la ladera.

La voz prolija de sus roncos cantos
el mal suceso con rigor la vuelve
en interrotos y funestos llantos.

Tal hubo, que cayendo se resuelve
de asirse de una zarza, o cabrahigo,
y en llanto, a lo de Ovidio, se disuelve.

Cuatro se arracimaron a un quejigo
como enjambre de abejas desmandada,

y le estimaron por el lauro amigo.
   Otra cuadrilla, virgen por la espada,
y adúltera de lengua, dio la cura
a sus pies de su vida almidonada.
   Bartolomé llamado de Segura
el toque casi fue del vencimiento:
tal es su ingenio y tal es su cordura.
   Resonó en esto por el vago viento
la voz de la vitoria repetida
del número escogido en claro acento.
   La miserable, la fatal caída
de las musas del limpio tagarete
fue largos siglos con dolor plañida.
   A la parte del llanto (¡ay me!) se mete
Zapardiel, famoso por su pesca,
sin que un pequeño instante se quiete.
   La voz de la Vitoria se refresca;
vitoria suena aquí, y allí vitoria,
adquirida por nuestra soldadesca,
que canta alegre la alcanzada gloria.

CAPÍTULO VIII

Al caer de la máquina excesiva
del escuadrón poético arrogante
que en su no vista muchedumbre estriba,
  un poeta mancebo y estudiante,
dijo: —Caí, paciencia; que algún día
será la nuestra, mi valor mediante.
  De nuevo afilaré la espada mía,
digo mi pluma, y cortaré de suerte
que dé nueva excelencia a la porfía.
  Que ofrece la comedia, si se advierte,
largo campo al ingenio, donde pueda
librar su nombre del olvido y muerte.
  Fue desto ejemplo Juan de Timoneda,
que con sólo imprimir se hizo eterno
las comedias del gran Lope de Rueda.
  Cinco vuelcos daré en el propio infierno
por hacer recitar una que tengo
nombrada: *El gran Bastardo de Salerno.*
  Guarda, Apolo, que baja guarde rengo
el golpe de la mano más gallarda
que ha visto el tiempo en su discurso luengo. —
  En esto el claro son de una bastarda,
alas pone en los pies de la vencida
gente del mundo perezosa y tarda.
  Con la esperanza del vencer perdida,
no hay quien no atienda con ligero paso,
si no a la honra, a conservar la vida.
  Desde las altas cumbres de Parnaso
de un salto uno se puso en Guadarrama,
nuevo, no visto y verdadero caso.
  Y al mismo paso la parlera Fama
cundió del vencimiento la alta nueva,
desde el claro Caistro hasta Jarama.
  Lloró la gran vitoria el turbio Esgueva,
Pisuerga la rió, rióla Tajo,
que en vez de arena granos de oro lleva.
  Del cansancio, del polvo y del trabajo
las rubicundas hebras de Timbreo,
del color se pararon de oro bajo.
  Pero viendo cumplido su deseo,

al son de la guitarra mercuriesca
hizo de la gallarda un gran paseo.

  Y de Castalia en la corriente fresca
el rostro se lavó, y quedó luciente
como de acero la segur turquesca.

  Puliose luego, y adornó su frente
de majestad mezclada con dulzura,
indicios claros del placer que siente.

  Las reinas de la humana hermosura
salieron de do estaban retiradas
mientras duraba la contienda dura;

  del árbol siempre verde coronadas,
y en medio la divina Poesía,
todas de nuevas galas adornadas.

  Melpómene, Terpsícore y Talía,
Polimnia, Urania, Érato, Euterpe y Clío
y Calíope, hermosa en demasía,

  muestran ufanas su destreza y brío,
tejiendo una entricada y nueva danza
al dulce son de un instrumento mío.

  Mío, no dije bien; mentí a la usanza
de aquel que dice propios los ajenos
versos que son más dinos de alabanza.

  Los anchos prados y los campos llenos
están de las escuadras vencedoras
(que siempre van a más y nunca a menos),

  esperando de ver de sus mejoras
el colmo con los premios merecidos
por el sudor y aprieto de seis horas.

  Piensan ser los llamados escogidos,
todos a premios de grandeza aspiran,
tiénense en más de lo que son tenidos;

  ni a calidades ni riquezas miran,
a su ingenio se atiene cada uno,
y si hay cuatro que acierten, mil deliran.

  Mas Febo, que no quiere que ninguno
quede quejoso dél, mandó a la Aurora
que vaya y coja *in tempore oportuno*

  de las faldas floríferas de Flora
cuatro tabaques de purpúreas rosas,
y seis de perlas de las que ella llora.

  Y de las nueve por extremo hermosas
las coronas pidió, y al darlas ellas

en nada se mostraron perezosas.

   Tres, a mi parecer, de las más bellas
a Parténope sé que se enviaron,
y fue Mercurio el que partió con ellas.

   Tres sujetos las otras coronaron,
allí en el mesmo monte peregrinos,
con que su patria y nombre eternizaron.

   Tres cupieron a España, y tres divinos
poetas se adornaron la cabeza,
de tanta gloria justamente dinos.

   La Envidia, monstruo de naturaleza,
maldita y carcomida, ardiendo en saña,
a murmurar del sacro don empieza.

   Dijo:—¿Será posible que en España
haya nueve poetas laureados?
Alta es de Apolo, pero simple hazaña.—

   Los demás de la turba, defraudados
del esperado premio, repetían
los himnos de la Envidia mal cantados.

   Todos por laureados se tenían
en su imaginación, antes del trance,
y al Cielo quejas de su agravio envían.

   Pero ciertos poetas de romance,
del generoso premio hacer esperan,
a despecho de Febo, presto alcance.

   Otros, aunque latinos, desesperan
de tocar del laurel sólo una hoja,
aunque del caso en la demanda mueran.

   Véngase menos el que más se enoja,
y alguno se tocó sienes y frente,
que de estar coronado se le antoja.

   Pero todo deseo impertinente
Apolo repartió, premiando a cuantos
poetas tuvo el escuadrón valiente.

   De rosas, jazmines y amarantos
Flora le presentó cinco cestones,
y la Aurora de perlas otros tantos.

   Estos fueron, letor dulce, los dones
que Delio repartió con larga mano
entre los poetísimos varones.

   Quedando alegre cada cual y ufano
con un puño de perlas y una rosa,
estimando este premio sobrehumano;

y por que fuese más maravillosa
la fiesta y regocijo que se hacía
por la vitoria insigne y prodigiosa,
　la buena, la importante Poesía
mandó traer la bestia cuya pata
abrió la fuente de Castalia fría.
　Cubierta de finísima escarlata,
un lacayo la trujo en un instante,
tascando un freno de bruñida plata.
　Envidiarle pudiera Rocinante
al gran Pegaso de presencia brava,
y aun Brilladoro el del señor de Anglante.
　Con no sé cuantas alas adornaba
manos y pies, indicio manifiesto
que en ligereza al viento aventajaba.
　Y por mostrar cuán ágil y cuán presto
era, se alzó del suelo cuatro picas,
con un denuedo y ademán compuesto.
　Tú, que me escuchas, si el oído aplicas
al dulce cuento deste gran *Viaje,*
cosas nuevas oirás de gusto ricas.
　Era del bel trotón todo el herraje
de durísima plata diamantina,
que no recibe del pisar ultraje.
　De la color que llaman columbina
de raso en una funda trae la cola,
que, suelta, con el suelo se avecina.
　Del color del carmín o de amapola
eran sus clines, y su cola gruesa,
ellas solas al mundo, y ella sola.
　Tal vez anda despacio, y tal apriesa
vuela tal vez, y tal hace corvetas,
tal quiere relinchar, y luego cesa.
　¡Nueva felicidad de los poetas!
Unos sus excrementos recogían
en dos de cuero grandes barjuletas.
　Pregunté para qué lo tal hacían;
respondiome Cilenio a lo bellaco,
con no sé qué vislumbres de ironía:
　—Esto que se recoge es el tabaco
que a los vaguidos sirve de cabeza
de algún poeta de celebro flaco.
　Urania de tal modo lo adereza,

que, puesto a las narices del doliente,
cobra salud y vuelve a su entereza.—

Un poco entonces arrugué la frente,
ascos haciendo del remedio extraño,
tan de los ordinarios diferente.

—Recibes, dijo Apolo, amigo, engaño
(leyóme el pensamiento). Este remedio
de los vaguidos cura y sana el daño.

No come este rocín lo que en asedio
duro y penoso comen los soldados,
que están entre la muerte y hambre en medio.

Son deste tal los piensos regalados
ambar y almizcle entre algodones puesto,
y bebe del rocío de los prados.

Tal vez le damos de almidón un cesto,
tal de algarrobas con que el vientre llena,
y no se estriñe ni se va por esto.

—Sea, le respondí, muy norabuena;
tieso estoy de celebro por ahora,
vaguido alguno no me causa pena.—

La nuestra en esto universal señora,
digo la Poesía verdadera,
que con Timbreo y con las musas mora,

en vestido subcinto, a la ligera,
el monte discurrió y abrazó a todos,
hermosa sobre modo y placentera.

—¡Oh sangre vencedora de los godos,
dijo; de aquí adelante ser tratada
con más suaves y discretos modos

espero ser, y siempre respetada
del ignorante vulgo, que no alcanza
que, puesto que soy pobre, soy honrada!

Las riquezas os dejo en esperanza,
pero no en posesión, premio seguro
que al reino aspira de la inmensa holganza.

Por la belleza deste monte os juro
que quisiera al más mínimo entregalle
un privilegio de cien mil de juro.

Mas no produce miñas este valle,
aguas sí, salutíferas y buenas,
y monas que de cisnes tienen talle.

Volved a ver, oh amigos, las arenas
del aurífero Tajo en paz segura

y en dulces horas de pesar ajenas.

Que esta inaudita hazaña os asegura
eterno nombre en tanto que dé Febo
al mundo aliento, y luz serena, y pura.—

¡Oh maravilla nueva, oh caso nuevo,
digno de admiración que cause espanto,
cuya extrañeza me admiró de nuevo!

Morfeo, el dios del sueño, por encanto
allí se apareció, cuya corona
era de ramos de beleño santo.

Flojísimo de brío y de persona,
de la Pereza, torpe acompañado,
que no le deja a vísperas ni a nona.

Traía el Silencio a su derecho lado,
el Descuido al siniestro, y el vestido
era de blanda lana fabricado.

De las aguas que llaman del Olvido,
traía un gran caldero, y de un hisopo
venía como aposta prevenido.

Asía a los poetas por el hopo,
y aunque el caso los rostros les volvía
en color encendida de piropo.

él nos bañaba con el agua fría,
causándonos un sueño de tal suerte,
que dormimos un día y otro día.

Tal es la fuerza del licor, tan fuerte
es de las aguas la virtud, que pueden
competir con los fueros de la muerte.

Hace el ingenio alguna vez que queden
las verdades sin crédito ninguno,
por ver que a toda contingencia exceden.

Al despertar del sueño así importuno,
ni vi monte, ni monta, dios, ni diosa,
ni de tanto poeta vide alguno.

Por cierto extraña y nunca vista cosa:
despabilé la vista, y parecióme
verme en medio de una ciudad famosa.

Admiración y grima el caso diome;
torné a mirar, porque el temor o engaño
no de mi buen discurso el paso tome.

Y di jeme a mí mismo: No me engaño;
esta ciudad es Nápoles la ilustre,
que yo pisé sus rúas más de un año;

de Italia gloria, y aun del mundo lustre,
pues de cuantas ciudades él encierra,
ninguna puede haber que así le ilustre.

Apacible en la paz, dura en la guerra,
madre de la abundancia y la nobleza,
de elíseos campos y agradable sierra.

Si vaguidos no tengo de cabeza,
paréceme que está mudada en parte,
de sitio, aunque en aumento de belleza.

¿Qué teatro es aquél donde reparte
con él cuanto contiene de hermosura,
la gala, la grandeza, industria y arte?

Sin duda, el sueño en mis pálpebras dura,
porque éste es edificio imaginado,
que excede a toda humana compostura.

Llegose en esto a mí disimulado
un amigo, llamado Promontorio,
mancebo en días, pero gran soldado.

Creció la admiración viendo notorio
y palpable que en Nápoles estaba,
espanto a los pasados acesorio.

Mi amigo tiernamente me abrazaba,
y con tenerme entre sus brazos, dijo
que del estar yo allí mucho dudaba;

llamome padre, y yo llaméle hijo;
quedó con esto la verdad en punto,
que aquí puede llamarse punto fijo.

Díjome Promontorio: —Yo barrunto,
padre, que algún gran caso a vuestras canas
las trae tan lejos ya semidifunto.

—En mis horas tan frescas y tempranas
esta tierra habité, hijo, le dije,
con fuerzas más briosas y lozanas.

Pero la Voluntad que a todos rige,
digo el querer del Cielo, me ha traído
a parte que me alegra más que aflige.—

Dijera más, sino que un gran ruido
de pífanos, clarines y tambores
me azaró el alma y alegró el oído;

volví la vista al son, vi los mayores
aparatos de fiesta que vio Roma
en sus felices tiempos y mejores.

Dijo mi amigo: —Aquel que ves que asoma

por aquella montaña contrahecha,
cuyo brío al de Marte oprime y doma,
  es un alto sujeto, que deshecha
tiene a la Envidia en rabia, porque pisa
de la virtud la senda más derecha.
  De gravedad y condición tan lisa,
que suspende y alegra a un mismo instante,
y con su aviso al mismo aviso avisa.
  Mas quiero, antes que pases adelante
en ver lo que verás, si estás atento,
darte del caso relación bastante.
  Serán Don Juan de Tasis de mi cuento
principio, por que, sea memorable,
y lleguen mis palabras a mi intento.
  Este varón, en liberal notable,
que una mediana villa le hace conde,
siendo rey en sus obras admirable;
  éste, que sus haberes nunca esconde,
pues siempre los reparte, o los derrama,
ya sepa a dónde, o ya no sepa a dónde;
  éste, a quien tiene tan en fil la fama,
puesta la alteza de su nombre claro,
que liberal y pródigo se llama,
  quiso, pródigo aquí, y allí no avaro,
primer mantenedor ser de un torneo
que a fiestas sobrehumanas le comparo.
  Responden sus grandezas al deseo
que tiene de mostrarse alegre; viendo
de España y Francia el regio himeneo.
  Y este que escuchas, duro, alegre estruendo,
es señal que el torneo se comienza,
que admira por lo, rico y estupendo.
  Arquímedes el grande se avergüenza
de ver que este teatro milagroso
su ingenio apoque y a sus trazas venza.
  Digo, pues, que el mancebo generoso,
que allí desciende de encarnado y plata,
sobre todo mortal curso brioso,
  es el Conde de Lemos, que dilata
su fama con sus obras por el mundo,
y que lleguen al Cielo en tierra trata;
  y aunque sale el primero, es el segundo
mantenedor, y en buena cortesía

esta ventaja califico y fundo.

El Duque de Nocera, luz y guía
del arte militar, es el tercero
mantenedor deste festivo día.

El cuarto, que pudiera ser primero,
es de Santelmo el fuerte castellano,
que al mesmo Marte en el valor prefiere

El quinto es otro Eneas el troyano,
Arrociolo, que gana en ser valiente
al que fue verdadero, por la mano.—

El gran concurso y número de gente
estorbó que adelante prosiguiese
la comenzada relación prudente.

Por esto le pedí que me pusiese
adonde sin ningún impedimento
el gran progreso de las fiestas viese.

Porque luego me vino al pensamiento
de ponerlas en verso numeroso,
favorecido del febeo aliento.

Hízolo así, y yo vi lo que no oso
pensar, que no decir, que aquí se acorta
la lengua y el ingenio más curioso.

Que se pase en silencio es lo que importa,
y que la admiración supla esta falta,
el mesmo grandioso caso exhorta.

Puesto que después supe que con alta
magnífica elegancia milagrosa,
donde ni sobra punto ni le falta,

el curioso Don Juan de Oquina en prosa
la puso y dio a la estampa para gloria
de nuestra edad, por esto venturosa.

Ni en fabulosa o verdadera historia
se halla que otras fiestas hayan sido
ni pueden ser más dignas de memoria.

Desde allí, y no sé cómo, fuí traído
a donde vi al gran Duque de Pastrana
mil parabienes dar de bien venido;

y que la fama en la verdad ufana
contaba que agradó con su presencia,
y con su cortesía sobrehumana;

que fue nuevo Alejandro en la excelencia
del dar, que satisfizo a todo cuanto
puede mostrar real magnificencia;

colmo de admiración, lleno de espanto,
entré en Madrid en traje de romero,
que es granjeria el parecer ser santo.

Y desde lejos me quitó el sombrero
el famoso Acevedo, y dijo: —*A Dio,*
voi siate il ben venuto, cavaliero;
so parlar zenoese, e tusco anch'io.
Y respondí:—*La vostra signoria*
sia la ben trovata, padron mio.—

Topé a Luis Velez, lustre y alegría,
y discreción del trato cortesano,
y abracéle en la calle a mediodía.

El pecho, el alma, el corazón, la mano
di a Pedro de Morales, y un abrazo,
y alegre recebí a Justiniano.

Al volver de una esquina sentí un brazo
que el cuello me ceñía, miré cuyo,
y más que gusto me causó embarazo,

por ser uno de aquellos (no rehuyo
decirlo) que al contrario se pasaron,
llevados del cobarde intento suyo.

Otros dos al del Layo se llegaron,
y con la risa falsa del conejo
y con muchas zalemas me hablaron.

Yo, socarrón, yo, poetón ya viejo,
volvíles a lo tierno las saludes,
sin mostrar mal talante o sobrecejo.

No dudes, oh letor caro, no dudes,
sino que suele el Disimulo a veces
servir de aumento a las demás virtudes.

Dínoslo tu, David, que, aunque pareces
loco en poder de Aquis, de tu cordura
fingiendo el loco, la grandeza ofreces.

Dejélos esperando coyuntura
y ocasión más secreta para dalles
vejamen de su miedo o su locura.

Si encontraba poetas por las calles,
me ponía a pensar si eran de aquellos
huídos, y pasaba sin hablalles.

Poníanseme yertos los cabellos
de temor no encontrase algún poeta,
de tantos que no pude conocellos,

que con un puñal buido, o con secreta

almarada me hiciese un agujero
que fuese al corazón por vía reta,
　aunque no es éste el premio que yo espero
de la fama que a tantos he adquirido
con alma grata y corazón sincero.
　Un cierto mancebito cuellierguido,
en profesión poeta y en el traje
a mil leguas por godo conocido,
　lleno de presunción y de coraje
me dijo: —Bien sé yo, señor Cervantes,
que puedo ser poeta, aunque soy paje.
　Cargastes de poetas ignorantes,
y dejásteme a mí, que ver deseo
del Parnaso las fuentes elegantes.
　Que caducáis sin duda alguna creo;
creo, no digo bien; mejor diría
que toco esta verdad y que la veo.—
　Otro, que, al parecer, de argentería,
de nácar, de cristal, de perlas y oro
sus infinitos versos componía,
　me dijo bravo, cual corrido toro:
—No sé yo para qué nadie me puso
en lista con tan bárbaro decoro.
　—Así el discreto Apolo lo dispuso,
a los dos respondí, y en este hecho
de ignorancia o malicia no me acuso.—
　Fuime con esto, y, lleno de despecho,
busqué mi antigua y lóbrega posada,
y arrojéme molido sobre el lecho;
que cansa cuando es larga una jornada.

ADJUNTA AL PARNASO

Algunos días estuve reparándome de tan largo viaje, al cabo de los cuales salí a ver y a ser visto, y a recebir parabienes de mis amigos, y malas vistas de mis enemigos; que puesto que pienso que no tengo ninguno, todavía no me aseguro de la común suerte. Sucedió, pues, que saliendo una mañana del monesterio de Atocha, se llegó a mí un mancebo, al parecer de veinticuatro años, poco más a menos, todo limpio, todo aseado y todo crujiendo gorgoranes; pero con un cuello tan grande y tan almidonado, que creí que para llevarle fueran menester los hombros de un Atlante. Hijos deste cuello eran dos puños chatos que, comenzando de las muñecas, subían y trepaban por las canillas del brazo arriba, que parecía que iban a dar asalto a las barbas. No he visto yo hiedra tan codiciosa de subir desde el pie de la muralla donde se arrima hasta las almenas, como el ahinco que llevaban estos puños a ir a darse de puñadas con los codos. Finalmente, la exorbitancia del cuello y puños era tal que en el cuello se escondía y sepultaba el rostro y en los puños los brazos. Digo, pues, que el tal mancebo se llegó a mí, y con voz grave y reposada me dijo:

—¿Es, por ventura, vuestra merced el señor Miguel de Cervantes Saavedra, el que ha pocos días que vino del Parnaso?

A esta pregunta creo, sin duda, que perdí la color del rostro, porque en un instante imaginé y dije entre mí: "¿Si es este alguno de los poetas que puse, o dejé de poner, en mi *Viaje*, y viene ahora a darme el pago que él se imagina se me debe?" Pero, sacando fuerzas de flaqueza, le respondí:

—Yo, señor, soy el mesmo que vuestra merced dice; ¿qué es lo que se me manda?

El luego, en oyendo esto, abrió los brazos y me los echó al cuello, y sin duda me besara en la frente si la grandeza del cuello no lo impidiera, y díjome:

—Vuestra merced, señor Cervantes, me tenga por su servidor y por su amigo, porque ha muchos días que le soy muy aficionado, así por sus obras como por la fama de su apacible condición.

Oyendo lo cual respiré, y los espíritus, que andaban alborotados, se sosegaron; y abrazándole yo también con recato de no ajarle el cuello, le dije:

—Yo no conozco a vuestra merced si no es para servirle; pero por las muestras bien se me trasluce que vuestra merced es muy discreto y muy principal; calidades que obligan a tener en veneración a la persona que las tiene.

Con estas pasamos otras corteses razones, y anduvieron por alto los ofrecimientos, y de lance en lance me dijo:

—Vuestra merced sabrá, señor Cervantes, que yo, por la gracia de Apolo, soy poeta, o a lo menos deseo serlo, y mi nombre es Pancracio de Roncesvalles.

Miguel.—Nunca tal creyera, si vuestra merced no me lo hubiera dicho por su mesma boca.

Pancracio.—¿Pues por qué no lo creyera vuestra merced?

Miguel.—Porque los poetas por maravilla andan tan atildados como vuestra merced, y es la causa que como son de ingenio tan altaneros y remontados, antes atienden a las cosas del espíritu que a las del cuerpo.

—Yo, señor—dijo él—, soy mozo, soy rico y soy enamorado; partes que deshacen en mí la flojedad que infunde la poesía. Por la mocedad tengo brío; con la riqueza, con qué mostrarle; y con el amor, con qué no parecer descuidado.

—Las tres partes del camino—le dije yo—se tiene vuestra merced andadas para llegar a ser buen poeta.

Pancracio.—¿Cuáles son?

Miguel.—La de la riqueza y la del amor. Porque los partos de los ingenios de la persona rica y enamorada son asombros de la avaricia y estímulos de la liberalidad, y en el poeta pobre la mitad de sus divinos partos y pensamientos se los llevan los cuidados de buscar el ordinario sustento. Pero dígame vuestra merced, por su vida: ¿de qué suerte de menestra poética gasta o gusta más?

A lo que respondió: —No entiendo eso de menestra poética.

Miguel.—Quiero decir que a qué género de poesía es vuestra merced más inclinado, al lírico, al heroico o al cómico.

—A todos estilos me amaño—respondió él—; pero en el que más me ocupo es en el cómico.

Miguel.—Desa manera habrá vuestra merced compuesto algunas comedias.

Pancracio.—Muchas, pero sólo una se ha representado.

Miguel.—¿Pareció bien?

Pancracio.—Al vulgo, no.

Miguel.—¿Y a los discretos?

Pancracio.—Tampoco.

Miguel.—¿La causa?

Pancrario.—La causa fue que la achacaron que era larga en los razonamientos, no muy pura en los versos y desmayada en la invención.

—Tachas son estas—respondí yo—que pudieran hacer parecer malas las del mesmo Plauto.

—Y más—dijo él—, que no pudieron juzgalla, porque no la dejaron acabar, según la gritaron. Con todo esto, la echó el autor para otro día; pero, porfiar que porfiar, cinco personas vinieron apenas.

—Créame vuestra merced—dije yo—que las comedias tienen días, como algunas mujeres hermosas; y que esto de acertarlas bien va tanto en la ventura como en el ingenio; comedia he visto yo apedreada en Madrid que la han laureado en Toledo, y no por esta primer desgracia dejé vuestra merced de proseguir en componerlas, que podrá ser que, cuando menos lo piense, acierte con alguna que le dé crédito y dineros.

—De los dineros no haga caso—respondió él—; más preciaría la fama que cuanto hay, porque es cosa de grandísimo gusto y de no menos importancia ver salir mucha gente de la comedia, todos contentos, y estar el poeta que la compuso a la puerta del teatro recebiendo parabienes de todos.

—Sus descuentos tienen esas alegrías—le dije yo—, que tal vez suele ser la comedia tan pésima que no hay quien alce los ojos a mirar al poeta, ni aun él para cuatro calles del coliseo, ni aun los alzan los que la recitaron, avergonzados y corridos de haberse engañado y escogídola por buena.

—¿Y vuestra merced, señor Cervantes—dijo él—, ha sido aficionado a la carátula?, ¿ha compuesto alguna comedia?

—Sí—dije yo—, muchas; y a no ser mías me parecieran dignas de alabanza, como lo fueron: *Los Tratos de Argel, La Numancia, La Gran Turquesca, La Batalla Naval, La Jerusalén, la Amaranta, o La del Mayo, El Bosque Amorroso, La Unica o La Bizarra Arsinda, y* otras muchas de que no me acuerdo; mas la que yo más estimo y de la que más me precio fue y es de una llamada *La Confusa*, la cual, con paz sea dicho, de cuantas comedias de capa y espada hasta hoy se han representado, bien puede tener lugar señalado por buena entre las mejores.

Pancracio.—¿Y agora tiene vuestra merced algunas?

Miguel.—Seis tengo, con otros seis entremeses.

Pancracio.—Pues ¿por qué no se representan?

Miguel.—Porque ni los actores me buscan ni yo les voy a buscar a ellos.

Pancracio.—No deben de saber que vuestra merced las tiene.

Miguel.—Sí saben; pero como tienen sus poetas paniaguados y les va bien con ellos, no buscan pan de trastrigo; pero yo pienso darlas a la estampa, para que se vea despacio lo que pasa apriesa, y se disimula, o no se entiende cuando las representan; y las comedias tienen sus sazones y tiempos, como los cantares.

Aquí llegábamos con nuestra plática, cuando Pancracio puso la mano en el seno, y sacó dél una carta con su cubierta y, besándola, me la puso en la mano; leí el sobrescrito y vi que decía desta manera:

"A Miguel de Cervantes Saavedra, en la calle de las Huertas, frontero de las casas donde solía vivir el príncipe de Marruecos, en Madrid. Al porte, medio real, digo diez y siete maravedís."

Escandalizóme el porte, y de la declaración del medio real, digo diez y siete. Y volviéndosela le dije:

—Estando yo en Valladolid llevaron una carta a mi casa para mí, con un real de porte; recibióla y pagó el porte una sobrina mía, que nunca ella le pagara; pero diome por disculpa que muchas veces me había oído decir que en tres cosas era bien gastado el dinero: en dar limosna, en pagar al buen médico y en el porte de las cartas, ora sean de amigos o de enemigos, que las de los amigos avisan y de las de los enemigos se puede tomar algún indicio de sus pensamientos. Diéronmela, y venía en ella un soneto malo, desmayado, sin garbo ni agudeza alguna, diciendo mal del *Don Quijote;* y de lo que me pesó fue del real, y propuse desde entonces de no tomar carta con porte; así que, si vuestra merced le quiere llevar desta, bien se la puede volver, que yo sé que no me puede importar tanto como el medio real que se me pide. Rióse muy de gana el señor Roncesvalles, y díjome:

—Aunque soy poeta, no soy tan mísero que me aficionen diez y siete maravedís. Advierta vuestra merced, señor Cervantes, que esta carta, por lo menos, es del mesmo Apolo; él la escribió no ha veinte días en el Parnaso, y me la dio para que a vuestra merced la diese; vuestra merced la lea, que yo sé que le ha de dar gusto.

—Haré lo que vuestra merced me manda—respondí yo—; pero quiero que antes de leerla, vuestra merced me le haga de decirme cómo, cuándo y a qué fue al Parnaso. Y él respondió:

—Cómo fuí, fue por mar, y en una fragata que yo y otros diez poetas fletamos en Barcelona; cuándo fuí, fue seis días después de la batalla que se dio entre los buenos y los malos poetas; a qué fuí, fue a hallarme en ella, por obligarme a ello la profesión mía.

—A buen seguro—dije yo—que fueron vuestras mercedes bien recebidos del señor Apolo.

Pancracio.—Sí fuimos, aunque le hallamos muy ocupado a él y a las señoras Piérides arando y sembrando de sal todo aquel término del campo donde se dio la batalla. Preguntéle para qué se hacía aquello, y respondiome que así como de los dientes de la serpiente de Cadmo habían nacido hombres armados, y de cada cabeza cortada de la hidra que mató Hércules habían renacido otras siete, y de las gotas de la sangre de la cabeza de Medusa se había llenado de serpientes toda la Libia, de la mesma manera de la sangre podrida de los malos poetas que en aquel sitio habían sido muertos comenzaban a nacer del tamaño de ratones otros poetillas rateros, que llevaban camino de henchir toda la tierra de aquella mala simiente, y que por esto se araba aquel lugar y se sembraba de sal, como si fuera casa de traidores.

En oyendo esto, abrí luego la carta, y vi que decía:

APOLO DELFICO

A MIGUEL DE CERVANTES SAAVEDRA

Salud

El señor Pancracio de Roncesvalles, llevador desta, dirá a vuestra merced, señor Miguel de Cervantes, en qué me halló ocupado el día que llegó a verme con sus amigos. Y yo digo que estoy muy quejoso de la descortesía que conmigo se usó en partirse vuestra merced deste monte sin despedirse de mí ni de mis hijas, sabiendo cuánto le soy aficionado, y las Musas por el consiguiente; pero si se me da por disculpa que le llevó el deseo de ver a su Mecenas el gran conde de Lemos en las fiestas famosas de Nápoles, yo la acepto, y le perdono.

Después que vuestra merced partió deste lugar, me han sucedido muchas desgracias y me he visto en grandes aprietos, especialmente por consumir y acabar los poetas que iban naciendo de la sangre de los malos que aquí murieron, aunque ya, gracias al cielo y a mi industria, este daño está remediado.

No sé si del ruido de la batalla o del vapor que arrojó de sí la tierra empapada en la sangre de los contrarios, me han dado unos vaguidos de cabeza que verdaderamente me tienen como tonto, y no acierto a escribir cosa que sea de gusto ni de provecho; así, si vuestra merced viere por allá que algunos poetas, aunque sean de los más famosos, escriben y componen impertinencias y cosas de poco fruto, no los culpe ni los tenga en menos, sino que disimule con ellos; que pues yo, que soy el padre y el inventor de la poesía, deliro y parezco mentecato, no es mucho que lo parezcan ellos.

Envío a vuestra merced unos privilegios, ordenanzas y advertimientos tocantes a los poetas; vuestra merced los haga guardar y cumplir al pie de la letra, que para todo ello doy a vuestra merced mi poder cumplido cuando de derecho se requiere.

Entre los poetas que aquí vinieron con el señor Pancracio de Roncesvalles se quejaron algunos de que no iban en la lista de los que Mercurio llevó a España, y que así vuestra merced no los había puesto en su *Viaje*. Yo les dije que la culpa era mía y no de vuestra merced; pero que el remedio deste daño estaba en que procurasen ellos ser famosos por sus obras, que ellas por sí mismas les darían fama y claro renombre, sin andar mendigando ajenas alabanzas.

De mano en mano, si se ofreciere ocasión de mensajero, iré enviando más privilegios y avisando de lo que en este monte pasare. Vuestra merced haga lo mesmo, avisándome de su salud y de la de todos los amigos.

Al famoso Vicente Espinel dará vuestra merced mis encomiendas, como a uno de los más antiguos y verdaderos amigos que yo tengo.

Si don Francisco de Quevedo no hubiere partido para venir a Sicilia, donde le esperan, tóquele vuestra merced la mano y dígale que no deje de llegar a verme pues estaremos tan cerca, que cuando aquí vino, por la súbita partida no tuve lugar de hablarle.

Si vuestra merced encontrare por allá algún tránsfuga de los veinte que se pasaron al bando contrario, no les diga nada, ni los aflija, que harta mala ventura tienen, pues son como demonios, que se llevan la pena y la confusión con ellos mesmos doquiera que vayan.

Vuestra merced tenga cuenta con su salud, y mire por sí, y guárdese de mí, especialmente en los caniculares, que, aunque le soy amigo, en tales días no va en mi mano, ni miro en obligaciones ni en amistades.

Al señor Pancracio de Roncesvalles téngale vuestra merced por amigo, y comuníquelo; y pues es rico, no se le dé nada que sea mal poeta. Y con esto nuestro Señor guarde a vuestra merced como puede y yo deseo. Del Parnaso a 22 de julio, el día que me calzo las espuelas para subirme sobre la Canícula, 1614.

Servidor de vuestra merced,

APOLO LUCIDO.

En acabando la carta, vi que en un papel aparte venía escrito:

PRIVILEGIOS, ORDENANZAS Y ADVERTENCIAS QUE APOLO ENVÍA A
LOS POETAS ESPAÑOLES

Es el primero, que algunos poetas sean conocidos tanto por el desaliño de sus personas como por la fama de sus versos.

Item, que si algún poeta dijere que es pobre, sea luego creído por su simple palabra, sin otro juramento o averiguación alguna.

Ordénase que todo poeta sea de blanda y de suave condición, y que no mire en puntos, aunque los traiga sueltos en sus medias.

Item, que si algún poeta llegare a casa de algún su amigo o conocido, y estuviere comiendo y le convidare, que aunque él jure que ya ha comido, no se le crea en ninguna manera, sino que le hagan comer por fuerza, que en tal caso no se le hará muy grande.

Item, que el más pobre poeta del mundo, como no sea de los Adanes y Matusalenes, pueda decir que es enamorado, aunque no lo esté, y poner el nombre a su dama como más le viniere a cuento, ora llamándola Amarili, ora Anarda, ora Clori, ora Filis, ora Fílida, o ya Juana Téllez, o como más gustare, sin que desto se le pueda pedir ni pida razón alguna.

Item, se ordena que todo poeta, de cualquier calidad y condición que sea, sea tenido y le tengan por hijodalgo, en razón del generoso ejercicio en que se ocupa, como son tenidos por cristianos viejos los niños que llaman de la piedra.

Item, se advierte que ningún poeta sea osado de escribir versos en alabanzas de principes y señores, por ser mi intención y advertida voluntad que la lisonja ni la adulación no atraviesen los umbrales de mi casa.

Item, que todo poeta cómico que felizmente hubiere sacado a luz tres comedias, pueda entrar sin pagar en los teatros, si ya no fuere la limosna de la segunda puerta, y aun ésta, si pudiese ser, la excuse.

Item, se advierte que si algún poeta quisiere dar a la estampa algún libro que él hubiere compuesto, no se dé a entender que por dirigirle a algún monarca el tal libro ha de ser estimado, porque si él no es bueno, no le adobará la dirección, aunque sea hecha al prior de Guadalupe.

Item, se advierte que todo poeta no se desprecie de decir que lo es; que si fuere bueno, será digno de alabanza; y si malo, no faltará quien lo alabe; que cuando nace la escoba, etcétera.

Item, que todo buen poeta pueda disponer de mí y de lo que hay en el cielo a su beneplácito; conviene a saber, que los rayos de mi cabellera los pueda trasladar y aplicar a los cabellos de su dama, y hacer dos soles sus ojos, que conmigo serán tres, y así andará el mundo más alumbrado; y de las estrellas, signos y planetas puede servirse de modo que cuando menos lo piense la tenga hecha una esfera celeste.

Item, que todo poeta a quien sus versos le hubieren dado a entender que lo es, se estime y tenga en mucho ateniéndose a aquel refrán: Ruin sea el que por ruin se tiene.

Item, se ordena que ningún poeta grave haga corrillo en lugares públicos, recitando sus versos; que los que son buenos, en las aulas de Atenas se habían de recitar, que no en las plazas.

Item, se da aviso particular que si alguna madre tuviere hijos pequeñuelos traviesos y llorones, los pueda amenazar y espantar con el coco, diciéndoles: Guardaos, niños, que viene el poeta Fulano, que os echará con sus malos versos en la sima de Cabra o en el pozo Airón.

Item, que los días de ayuno no se entienda que los ha quebrantado el poeta que aquella mañana se ha comido las uñas al hacer de sus versos.

Item, se ordena que todo poeta que diere en ser espadachín, valentón y arrojado, por aquella parte de la valentía se desagüe y vaya la fama que podía alcanzar por sus buenos versos.

Item, se advierte que no ha de ser tenido por ladrón el poeta que hurtare algún verso ajeno y le encajare entre los suyos, como no sea todo el concepto y toda la copla entera, que en tal caso tan ladrón es como Caco.

Item, que todo buen poeta, aunque no haya compuesto poema heroico, ni sacado al teatro del mundo obras grandes, con cualesquiera, aunque sean pocas, pueda alcanzar renombre de divino, como le alcanzaron Garcilaso de la Vega, Francisco de Figueroa, el capitán Francisco de Aldana y Hernando de Herrera.

Item, se da aviso que si algún poeta fuere favorecido de algún príncipe, ni le visite a menudo, ni le pida nada, sino déjese llevar de la corriente de su ventura; que el que tiene providencia de sustentar las sabandijas de la tierra y los gusarapos del agua la tendrá de alimentar a un poeta, por sabandija que sea.

En suma, estos fueron los privilegios, advertencias y ordenanzas que Apolo me envió y el señor Pancracio de Roncesvalles me trujo, con quien quedé en mucha amistad, y los dos quedamos de concierto de despachar un propio con la respuesta al señor Apolo, con las nuevas desta corte. Daráse noticia del día, para que todos sus aficionados le escriban.

FIN DEL "VIAJE AL PARNASO"

POESÍAS SUELTAS

CERVANTES

1

A LA MUERTE DE LA REINA
DOÑA ISABEL DE VALOIS

(Historia y relación del tránsito y exequias de la reina Doña Isabel de Valois, por el
maestro López de Hoyos. Madrid, 1569.)

PRIMER EPITAFIO EN SONETO, CON UNA COPLA CASTELLANA, QUE HIZO
MI AMADO DISCÍPULO *(refiérese al maestro Hoyos)*.

Aquí el valor de la española tierra,
aquí la flor de la francesa gente,
aquí quien concordó lo diferente,
de oliva coronando aquella guerra;
    aquí en pequeño espacio veis se encierra
nuestro claro lucero de occidente;
aquí yace encerrada la excelente
causa que nuestro bien todo destierra.
    Mirad quién es el mundo y su pujanza,
y cómo de la más alegre vida
la muerte lleva siempre la vitoria.
    También mirad la bienaventuranza
que goza nuestra reina esclarecida
en el eterno reino de la gloria.

2

REDONDILLA EN LA CUAL SE REPRESENTA LA VELOCIDAD Y PRESTEZA
CON QUE LA MUERTE ARREBATÓ A SU MAJESTAD

Cuando dejaba la guerra
libre nuestro hispano suelo,
con un repentino vuelo
la mejor flor de la tierra
fue trasplantada en el cielo.
    Y al cortarla de su rama
el mortífero accidente,
fue tan oculta a la gente
como el que no ve la llama
hasta que quemar se siente.

3

Estas cuatro REDONDILLAS *castellanas a la muerte de Su Majestad, en las cuales, como en ellas parece, se usa de colores retóricos, y en la última se habla con Su Majestad, son, con una elegía que aquí va, de Miguel de Cervantes, nuestro caro y amado discípulo.*

Cuando un estado dichoso
esperaba nuestra suerte,
bien como ladrón famoso,
vino la invencible muerte
a robar nuestro reposo.
   Y metió tanto la mano
aqueste fiero tirano
por orden del alto cielo,
que nos llevó deste suelo
el valor del ser humano.
   ¡Cuán amarga es tu memoria,
oh dura y terrible faz!
Pero en aquesta vitoria
si llevaste nuestra PAZ
fue para dalle más gloria.
   Y aunque el dolor nos desuela,
una cosa nos consuela:
ver que al reino soberano
ha dado un vuelo, temprano
nuestra muy cara ISABELA.
   Una alma tan limpia y bella,
tan enemiga de engaños,
¿qué pudo merecer ella,
para que en tan tiernos años
dejase el mundo de vella?
   Dirás, muerte, en quien se encierra
la causa de nuestra guerra
(para nuestro desconsuelo),
que cosas que son del cielo
no las merece la tierra.
   Tanto de punto subiste
en el amor que mostraste,
que, ya que al cielo te fuiste,
en la tierra nos dejaste
las prendas que más quisiste.
   ¡Oh Isabela, Eugenia, Clara,

Catalina a todos cara,
claros luceros los dos,
no quiera y permita Dios
se os muestre fortuna avara!

4

ELEGÍA *que, en nombre de todo el estudio, el sobredicho compuso al ilustrísimo y reverendísimo cardenal D. Diego de Espinosa, etc., en la cual con bien elegante estilo se ponen cosas dignas de memoria.*

¿A quién irá mi doloroso canto,
o en cúya oreja sonará su acento
que no deshaga el corazón en llanto?
    A ti, gran Cardenal, yo le presento;
pues vemos te ha cabido tanta parte
del hado ejecutivo violento.
    Aquí verás quel bien no tiene parte:
todo es dolor, tristeza y desconsuelo
lo que en mi triste canto se reparte.
    ¿Quién dijera, señor, que un solo vuelo
de una ánima beata al alta cumbre
pusiera en confusión al bajo suelo?
    Mas ¡ay! que yace muerta nuestra lumbre:
el alma goza de perpetua gloria
y el cuerpo de terrena pesadumbre.
    No se pase, señor, de tu memoria
cómo en un punto la invencible muerte
lleva de nuestras vidas la vitoria.
    Al tiempo que esperaba nuestra suerte
poderse mejorar, la santa mano
mostró por nuestro mal su furia fuerte.
    Entristeció a la tierra su verano,
secó su paraíso fresco y tierno,
el ornato añubló del ser cristiano.
    Volvió la primavera en frío invierno,
trocó en pesar su gusto y alegría,
tornó de arriba abajo su gobierno.
    Pasose ya aquel ser que ser solía
a nuestra obscuridad claro lucero,
sosiego de la antigua tiranía.
    A más andar el término postrero
llegó, que dividió con furia insana

del alma santa el corazón sincero.

Cuando ya nos venía la temprana
dulce fruta del árbol deseado,
vino sobre él la frígida mañana.

¿Quién detuvo el poder de Marte airado,
que no pasase más el alto monte,
con prisiones de nieve aherrojado?

No pisará ya más nuestro horizonte,
que a los campos Elíseos es llevada,
sin ver la obscura barca de Caronte.

A ti, fiel pastor de la manada
seguntina, es justo y te conviene
aligerarnos carga tan pesada.

Mira el dolor que el gran Filipo tiene:
allí tu discreción muestre el alteza
que en tu divino ingenio se contiene.

Bien sé que le dirás que a la bajeza
de nuestra humanidad es cosa cierta
no tener sólo un punto de firmeza;

y que si yace su esperanza muerta,
y el dolor vida y alma le lastima,
que a do la cierra Dios, abre otra puerta.

Mas ¿qué consuelo habrá, señor, que oprima
algún tanto sus lágrimas cansadas,
si una prenda perdió de tanta estima?

Y más si considera las amadas
prendas que le dejó en la dulce vida,
y con su amarga muerte lastimadas.

Alma bella, del cielo merecida,
mira cuál queda el miserable suelo
sin la luz de tu vista esclarecida;

verás que en árbol verde no hace vuelo
el ave más alegre, antes ofrece
en su amoroso canto triste duelo.

Contino en grave llanto se anochece
el triste día, que te imaginamos
con aquella virtud que no parece.

Mas deste imaginar nos consolamos
en ver que merecieron tus deseos
que goces ya del bien que deseamos.

Acá nos quedarán por tus trofeos
tu cristiandad, valor y gracia extraña,
de alma santa santísimos arreos.

De hoy más la sola y afligida España,
cuando más sus clamores levantare
al sumo Hacedor y alta compaña;
  cuando más por salud le importunare
al término postrero que perezca,
y en el último trance se hallare;
  sólo podrá pedirle que le ofrezca
otra paz, otro amparo, otra ventura,
quen obras y virtudes le parezca.
  El vano confiar y la hermosura
¿de qué nos sirve, cuando en un instante
damos en manos de la sepultura?
  Aquel firme esperar, santo y constante,
que concede a la fe su cierto asiento
y a la querida hermana ir adelante,
  adonde mora Dios, en su aposento
nos puede dar lugar dulce y sabroso,
libre de tempestad y humano viento.
  Aquí, señor, el último reposo
no puede perturbarse, ni la vida
tener más otro trance doloroso.
  Aquí con nuevo ser es conducida,
entre las almas del inmenso coro,
nuestra Isabela, reina esclarecida.
  Con tal sinceridad guardó el decoro
do al precepto divino más se aspira,
que merece gozar de tal tesoro.
  ¡Ay muerte! ¿Contra quién tu amarga ira
quisiste ejecutar para templarme
con profundo dolor mi triste lira?
  Si no os cansáis, señor, ya de escucharme,
añudaré de nuevo el roto hilo,
que la ocasión es tal, que a desforzarme
  lágrimas pediré al corriente Nilo,
un nuevo corazón al alto cielo,
y a las más tristes musas triste estilo.
  Diré que al duro mal, al grave duelo,
que a España en brazos de la muerte tiene,
no quiso Dios dejarle sin consuelo.
  Dejóle al gran Filipo, que sostiene,
cual firme basa al alto firmamento,
el bien o desventura que le viene.
  De aquesto vos lleváis el vencimiento,

pues deja en vuestros hombros esta carga
del cielo y de la tierra y pensamiento.

La vida que en la vuestra así se encarga,
muy bien puede vivir leda y segura,
pues de tanto cuidado se descarga.

Gozando como goza tal ventura
el gran señor del ancho suelo hispano,
su mal es menos y esta desventura.

Si el ánimo real, si el soberano
tesoro le robó en sólo un día
la muerte airada con esquiva mano,

regalos son quel sumo Dios envía
a aquel que ya le tiene aparejado
sublime asiento en la alta hierarquía.

Quien goza quietud siempre en su estado,
y el efecto le acude a la esperanza,
y a lo que quiere nada le es trocado,

argúyese que poca confianza
puede tenerse del que goce y vea
con claros ojos bienaventuranza.

Cuando más favorable el mundo sea,
cuando nos ría el bien todo delante
y venga al corazón lo que desea,

tiénese de esperar que en un instante
dará con ello la fortuna en tierra,
que no fue ni será jamás constante.

Y aquel que no ha gustado de la guerra,
a do se aflige el cuerpo y la memoria,
parece Dios del cielo le destierra.

Porque no se coronan en la gloria
sino es los capitanes valerosos,
que llevan de sí mesmos la vitoria.

Los amargos sospiros dolorosos,
las lágrimas sin cuento que ha vertido
quien nos puede en su vista hacer dichosos

el perder a su hijo tan querido,
aquel mirarse y verse cual se halla
de todo su placer desposeído,

¿qué se puede decir sino batalla
adonde le hemos visto siempre armado
con la paciencia, que es muy fina malla?

Del alto cielo ha sido consolado
con concederle acá vuestra persona,

que mira por su honra y por su estado.

De aquí saldrá a gozar de una corona
más rica, más preciosa y muy más clara
que la que ciñe el hijo de Latona.

Con él vuestra virtud al mundo rara
se tiene de extender de gente en gente,
sin poderlo estorbar fortuna avara.

Resonará el valor tan excelente
que os ciñe, cubre, ampara y os rodea,
de donde sale el sol hasta occidente.

Y allá en el alto alcázar do pasea
en mil contentos nuestra reina amada,
si puede desear, sólo desea

que sea por mil siglos levantada
vuestra grandeza, pues que se engrandece
el valor de su prenda deseada.

Que vuestro poderío se parece
del católico rey la suma alteza
que desde un polo al otro resplandece.

De hoy más deje del llanto la fiereza
el afligida España, levantando
con verde lauro ornada la cabeza.

Que mientras fuera el cielo mejorando
del soberano rey la larga vida,
no es bien que se consuma lamentando.

Y en tanto que arribare a la subida
de la inmortalidad vuestra alma pura,
no se entregue al dolor tan de corrida;

y más, que el grave rostro de hermosura,
por cuya ausencia vive sin consuelo,
goza de Dios en la celeste altura.

¡Oh trueco glorioso, oh santo celo,
pues con gozar la tierra has merecido
tender tus pasos por el alto cielo!

Con esto cese el canto dolorido,
magnánimo señor, que, por mal diestro,
queda tan temeroso y tan corrido,
cuanto yo quedo, gran señor, por vuestro.

5

AL ROMANCERO DE PEDRO DE PADILLA

(*Romancero de Padilla*, 1583.)

SONETO

Ya que del ciego dios habéis cantado
el bien y el mal, la dulce fuerza y arte
en la primera y la segunda parte
do está de amor el todo señalado,
  ahora con aliento descansado
y con nueva virtud que en vos reparte
el cielo, nos cantáis del duro Marte
las fieras armas y el valor sobrado.
  Nuevos ricos mineros se descubren
de vuestro ingenio en la famosa mina,
que a más alto deseo satisfacen;
  y con dar menos de lo más que encubren,
a este menos lo que es más se inclina,
del bien que Apolo y que Minerva hacen.

6

AL HABITO DE FRAY PEDRO DE PADILLA

(Jardín espiritual, 1584.)

REDONDILLAS

Hoy el famoso Padilla,
con las muestras de su celo,
causa contentó en el cielo
y en la tierra maravilla.

Porque, llevado del cebo
de amor, temor y consejo,
se despoja el hombre viejo
para vestirse de nuevo.

Cual prudente sierpe ha sido,
pues, con nuevo corazón,
en la piedra de Simón
se deja el viejo vestido.

Y esta mudanza que hace
lleva tan cierto compás,
que en ella asiste lo más
de cuanto a Dios satisface.

Con las obras y la fe
hoy para el cielo se embarca
en mejor jarciada barca
que la que libró a Noé.

Y para hacer tal pasaje,
ha muchos años que ha hecho,
con sano y cristiano pecho,
cristiano matalotaje.

Y no teme el mal tempero,
ni anegarse en el profundo,
porque en el mar deste mundo
es plático marinero.

Y ansí mirando el aguja
divina cual se requiere,
si el demonio a orza diere,
él dará al instante a puja.

Y llevando este concierto
con las ondas deste mar,

a la fin vendrá a parar
a seguro y dulce puerto;
donde sin áncoras ya
estará la mar en calma,
con la eternidad del alma
que nunca se acabará.
En una verdad me fundo,
y mi ingenio aquí no yerra:
que en siendo sol de la tierra
habéis de ser luz del mundo.
Luz de gracia rodeada
que alumbre nuestro horizonte,
y sobre el Carmelo monte
fuerte ciudad levantada.
Para alcanzar el trofeo
destas santas profecías
tendréis el carro de Elias
con el manto de Eliseo.
Y ardiendo en amor divino,
donde nuestro bien se fragua,
apartando el manto al agua,
por el fuego haréis camino.
Porque el voto de humildad
promete segura alteza,
y castidad y pobreza,
bienes de divinidad.
Y ansí los cielos serenos
verán, cuando acabarás,
un cortesano allá más
y en la tierra un sabio menos.

7

A FRAY PEDRO DE PADILLA

(Jardín espiritual)

Cual vemos que renueva
el águila real la vieja y parda
pluma, y con otra nueva
la detenida y tarda
pereza arroja, y con subido vuelo
rompe las nubes y se llega al cielo;
 tal, famoso Padilla,
has sacudido tus humanas plumas,
porque con maravilla
intentes y presumas
llegar con nuevo vuelo al alto asiento
donde aspiran las alas de tu intento.
 Del sol el rayo ardiente
alza del duro rostro de la tierra
(con virtud excelente)
la humildad que en sí encierra,
la cual después, en lluvia convertida,
alegra al suelo y da a los hombres vida.
 Y desta mesma suerte
el Sol divino te regala y toca;
y en tal humor convierte,
que con tu pluma apoca
la ceguedad de la ignorancia nuestra,
y a ciencia santa y a santa vida adiestra.
 ¡Qué santo trueco y cambio
por las humanas las divinas musas!
¡Qué interés y recambio!
¡Qué nuevos modos usas
de adquirir en el suelo una memoria
que dé fama a tu nombre, al alma gloria!
 Que pues es tu Parnaso
el monte del Calvario y son tus fuentes
de Aganipe y Pegaso
las sagradas corrientes
de las benditas llagas del Cordero,
eterno nombre de tu nombre espero.

8

A FRAY PEDRO DE PADILLA

En la obra GRANDEZAS Y EXCELENCIAS DE LA VIRGEN NUESTRA
SEÑORA, *que publicó dedicándola a la infanta Margarita de Austria.*

(Grandezas y excelencias, etc., 1587.)

De la Virgen sin par santa y bendita,
digo de sus loores, justamente
haces el rico sin igual presente
a la sin par cristiana Margarita.
    Dándole, quedas rico; y queda escrita
tu fama en hojas de metal luciente,
que a despecho y pesar del diligente
tiempo será en sus fines infinito.
    Felice en el sujeto que escogiste;
dichoso en la ocasión que te dio el cielo
de dar a Virgen el virgíneo canto;
    venturoso también porque hiciste
que den las musas del hispano suelo
admiración al griego, al turco espanto.

9

A LOPEZ MALDONADO

(Cancionero de López Maldonado, 1586.)

SONETO

El casto ardor de una amorosa llama,
un sabio pecho a su rigor sujeto,
un desdén sacudido y un afeto,
blando, que al alma en dulce fuego inflama;
   el bien y el mal a que convida y llama
de amor la fuerza y poderoso efeto,
eternamente en son claro y perfeto
con estas rimas cantará la fama,
   llevando el nombre único y famoso
vuestro, felice López Maldonado,
del moreno etíope al cita blanco;
   y hará que en balde del laurel honroso
espere alguno verse coronado,
si no os imita y tiene por su blanco.

10

AL MISMO

Bien donado sale al mundo
este libro, do se encierra
la paz de amor y la guerra,
y aquel fruto sin segundo
de la castellana tierra.
   Que aunque le da Maldonado,
va tan rico y bien donado
de ciencia y de discreción,
que me afirmo en la razón
de decir que es bien donado.
   El sentimiento amoroso
del pecho más encendido
en fuego de amor, y herido
de su dardo ponzoñoso,
y en la red suya cogido;

el temor y la esperanza
con que el bien y el mal se alcanza.
En las empresas de amor,
aquí muestra su valor
su buena o su mala andanza.
  Sin flores, sin praderías,
y sin los faunos silvanos,
sin ninfas, sin dioses vanos,
sin yerbas, sin aguas frías
y sin apacibles llanos;
  en agradables concetos,
profundos, altos, discretos,
con verdad llana y distinta,
aquí el sabio autor nos pinta
del ciego dios los afetos.
  Con declararnos la mengua
y el bien de su ardiente llama,
ha dado a su nombre fama
y enriquecido su lengua,
que ya la mejor se llama,
  y hanos mostrado que es sólo
favorecido de Apolo
con dones tan infinitos,
que su fama en sus escritos
irá deste al otro polo.

11

A ALONSO DE BARROS

(*Filosofía moralizada,* POR ALONSO DE BARROS, 1587.)

SONETO

Cual vemos del rosado y rico oriente
la blanca y dura piedra señalarse,
y en todo, aunque pequeña, aventajarse
a la mayor del Cáucaso eminente;
  tal éste, humilde al parecer, presente,
puede y debe mirarse y admirarse,
no por la cantidad, mas por mostrarse
ser en su calidad tan excelente.
  El que navega por el golfo insano
del mar de pretensiones, verá al punto
del cortesano laberinto el hilo.
  Felice ingenio y venturosa mano
que el deleite y provecho puso junto
en juego alegre, en dulce y claro estilo.

12

A "LA AUSTRIADA"
DE JUAN RUFO GUTIERREZ

(*La Austriada,* 1584.)

SONETO

¡Oh venturosa levantada pluma,
que en la empresa más alta te ocupaste
que el mundo pudo dar, y al fin mostraste
al recibo y al gasto igual la suma!
  Calle de hoy más el escritor de Numa,
que nadie llegará donde llegaste,
pues en tan raros versos celebraste
tan raro capitán, virtud tan suma.
  Dichoso el celebrado y quien celebra,
y no menos dichoso todo el suelo

que de tanto bien goza en esta historia,
  en quien invidia o tiempo no harán quiebra;
antes hará con justo celo el cielo
eterna, más que el tiempo, su memoria.

13

A LOPE DE VEGA EN SU
"DRAGONTEA"

(La Dragontea, 1593.)

SONETO

  Yace en la parte que es mejor de España
una apacible y siempre verde *Vega*,
a quien Apolo su favor no niega,
pues con las aguas de Helicón la baña.
  Júpiter, labrador por grande hazaña,
su ciencia toda en cultivarla entrega;
Cilenio alegre en ella se sosiega;
Minerva eternamente la acompaña.
  Las musas su Parnaso en ella han hecho;
Venus honesta en ella aumenta y cría
la santa multitud de los amores;
  y así, con gusto y general provecho,
nuevos frutos ofrece cada día
de ángeles, de armas, santos y pastores.

14

A GABRIEL PEREZ DEL BARRIO ANGULO

(Dirección de secretarios, POR GABRIEL PÉREZ DEL BARRIO ANGULO, 1613.)

  Tal secretario formáis,
Gabriel, en vuestros escritos,
que por siglos infinitos
en él os eternizáis.
  De la ignorancia sacáis
la pluma, y en presto vuelo
de lo más bajo del suelo
al cielo la levantáis.

Desde hoy más la discreción
quedará puesta en su punto,
y al hablar y escribir junto
en su mayor perfección.

Que en esta nueva ocasión
nos muestra en breve distancia
Demóstenes su elegancia
y su estilo Cicerón.

España os está obligada,
y con ella el mundo todo,
por la sutileza y modo
de pluma tan bien cortada.

La adulación defraudada
queda, y la lisonja en ella;
la mentira se atropella
y es la verdad levantada.

Vuestro libro nos informa
que sólo vos habéis dado
a la materia de estado
hermosa y cristiana forma.

Con la razón se conforma
de tal suerte, que en él veo
que, contentando al deseo,
al que es más libre reforma.

15

A JUAN YAGÜE DE SALAS

*(Los Amantes de Teruel, epopeya trágica con la restauración de España por la parte de
Sobrarbe, y conquista del reino de Valencia. Yagüe de Salas, 1616.)*

SONETO

De Turia el cisne más famoso hoy canta,
y no para acabar la dulce vida
que en sus divinas obras escondida
a los tiempos y edades se adelanta.
 Queda por él canonizada y santa
Teruel; vivos, Marcilla y su homicida;
su pluma, por heroica conocida,
en quien se admira el suelo, el cielo espanta.
 Su doctrina, su voz, su estilo raro,
que por tuyos, ¡oh Apolo!, reconoces,
según el vuelo de sus bellas alas,
 grabadas por la fama en mármol paro
y en láminas de bronce, harán que goces
siglos de eternidad, Yagüe de Salas.

16

A DON DIEGO DE MENDOZA Y A SU FAMA

(POESÍAS DE D. DIEGO HURTADO DE MENDOZA, 1610.)

En la memoria vive de las gentes,
¡varón famoso!, siglos infinitos;
premio que le merecen tus escritos
por graves, puros, castos y excelentes.
 Las ansias en honesta llama ardientes,
los Etnas, los Estigios, los Cocitos,
que en ellos suavemente van descritos,
mira si es bien, ¡oh fama!, que los cuentes;
 y aunque los lleves en ligero vuelo
por cuanto ciñe el mar y el sol rodea,
y en láminas de bronce los esculpas;
 que así el suelo sabrá que sabe el cielo

que el renombre inmortal que se desea
tal vez le alcancen amorosas culpas.

17

A LA MUERTE DE HERNANDO DE HERRERA

*(Códice manuscrito en 1630, que poseyó D. Fernando de la Serna, donde
entre varias poesías, recopiladas al parecer por D. Francisco Pacheco; se
halla la siguiente con este epígrafe:* MIGUEL DE CERVANTES, AUTOR DE
DON QUIJOTE; *este soneto hice a la muerte de D. Fernando de Herrera; y para
entender el primer cuarteto advierto que él celebraba en sus versos a una señora debajo
deste nombre de* Luz. *Creo que es uno de los buenos que he hecho en mi vida.)*

SONETO

El que subió por sendas nunca usadas
del sacro monte a la más alta cumbre;
el que a una *Luz* se hizo todo lumbre
y lágrimas en dulce voz cantadas;
  el que con culta vena las sagradas
de Helicón y Pirene en muchedumbre
(libre de toda humana pesadumbre)
bebió y dejó en divinas transformadas;
  aquel a quien invidia tuvo Apolo
porque a par de su *Luz* tiende su fama
de donde nace a donde muere el día;
  el agradable al cielo, al suelo solo,
vuelto en ceniza de su ardiente llama
yace debajo desta losa fría.

18

EN ALABANZA DEL MARQUES DE SANTA CRUZ

(Comentarios de la jomada de las islas de los Azores, por el licenciado Mosquera
de Figueroa, 1596.)

SONETO

No ha menester el que tus hechos canta,
¡oh gran Marqués!, el artificio humano
que a la más sutil pluma y docta mano

ellos le ofrecen al que el orbe espanta.
  Y este que sobre el cielo se levanta
llevado de tu nombre soberano,
a par del griego y escritor toscano,
sus sienes ciñe con la verde planta.
  Y fue muy justa prevención del cielo
que a un tiempo ejercitases tú la espada
y él su prudente y verdadera pluma;
  porque, rompiendo de la invidia el velo
tu fama en sus escritos dilatada,
ni olvido, o tiempo, o muerte la consuma.

19

A SAN FRANCISCO

(*Jardín espiritual*, de Padilla.)

SONETO

  Muestra su ingenio el que es pintor curioso
cuando pinta al desnudo una figura,
donde la traza, el arte y compostura
ningún velo la cubre artificioso.
  Vos, seráfico Padre, y vos, hermoso
retrato de Jesús, sois la pintura
al desnudo pintado, en tal hechura
que Dios nos muestra ser pintor famoso.
  Las sombras, de ser mártir descubriste;
los lejos, en que estáis allá en el cielo
en soberana silla colocado;
  las colores, las llagas que tuviste
tanto las suben, que se admira el suelo,
y el pintor en la obra se ha pagado.

20

A SAN JACINTO

(Relación de las justas celebradas, en el convento de padres predicadores de Zaragoza, en la canonización de San Jacinto, por Jerónimo Martel, 1597.)

REDONDILLA *en alabanza de San Jacinto, propuesta para glosar en el segundo de los certámenes celebrados en Zaragoza.*

El cielo a la Iglesia ofrece
hoy una piedra tan fina,
que en la corona divina
del mismo Dios resplandece.

GLOSA DE MIGUEL DE CERVANTES

Tras los dones primitivos
que en el fervor de su celo
ofreció la Iglesia al cielo,
a sus edificios vivos
dio nuevas piedras el suelo.
  Estos dones agradece
a su esposa, y la ennoblece;
pues de parte del esposo
un hyacinto el más precioso
el cielo a la tierra ofrece.
  Porque el hombre de su gracia
tantas veces se retira,
y el hyacinto al que le mira
es tan grande su eficacia,
que le sosiega la ira;
  su misma piedad lo inclina
a darlo por medicina;
que en su juicio profundo
ve que ha menester el mundo
hoy una piedra tan fina.

Obró tanto esta virtud
viviendo Hyacinto en él,
que a los vivos rayos dél
en una y otra salud

se restituyó por él.
  Crezca gloriosa la mina
que de su luz hyacintina
tiene el cielo y tierra llenos;
pues no mereció estar menos
que en la corona divina.

  Allá luce ante los ojos
del mismo autor de su gloria,
y acá en gloriosa memoria
de los triunfos y despojos
que sacó de la victoria;
  pues si otra luz desfallece
cuando el sol la suya ofrece,
¿qué más viva y rutilante
será aquesta, si delante
del mismo Dios resplandece?

21

AL TÚMULO DEL REY FELIPE II EN SEVILLA

(*Parnaso español*, de D. Juan López de Sedaño, 1772.)

SONETO

  Voto a Dios que me espanta esta grandeza
y que diera un doblón por describilla;
porque ¿a quién no sorprende y maravilla
esta máquina insigne, esta riqueza?
  Por Jesucristo vivo, cada pieza
vale más de un millón, y que es mancilla
que esto no dure un siglo, ¡oh gran Sevilla!,
Roma triunfante en ánimo y nobleza.
  Apostaré que el ánima del muerto
por gozar este sitio hoy ha dejado
la gloria donde vive eternamente.
  Esto oyó un valentón, y dijo: —Es cierto
cuanto dice voacé, señor soldado.
Y el que dijere lo contrario, miente.
  Y luego in continente
caló el chapeo, requirió la espada,
miró al soslayo, fuese, y no hubo nada.

22

A LA ENTRADA DEL DUQUE DE MEDINA

en Cádiz, en julio de 1596, con socorro de tropas enseñadas en Sevilla por el capitán Becerra, después de haber evacuado aquella ciudad las tropas inglesas y saqueadola por espacio de veinticuatro días al mando del conde de Essex.

(Manuscrito del Sr. Arrieta.)

SONETO

Vimos en julio otra semana santa
atestadas de ciertas cofradías
que los soldados llaman compañías,
de quien el vulgo, y no el inglés, se espanta.
    Hubo de plumas muchedumbre tanta,
que en menos de catorce o quince días
volaron sus pigmeos y Golías
y cayó su edificio por la planta.
    Bramó el becerro, y púsoles en sarta;
tronó la tierra, obscurecióse el cielo,
amenazando una total ruina;
    y al cabo en Cádiz, con mesura harta,
ido ya el Conde sin ningún recelo,
triunfando entró el gran duque de Medina.

23

A UN VALENTÓN METIDO A PORDIOSERO

(Manuscrito del Sr. Arrieta.)

SONETO

Un valentón de espátula y gregüesco,
que a la muerte mil vidas sacrifica,
cansado del oficio de la pica,
mas no del ejercicio picaresco,
    retorciendo el mostacho soldadesco,
por ver que ya su bolsa le repica,
a un corrillo llegó de gente rica,

y en el nombre de Dios pidió refresco.
  Den voacedes, por Dios, a mi pobreza,
les dice; donde no, por ocho santos
que haré lo que hacer suelo sin tardanza.
  Mas uno que a sacar la espada empieza,
¿con quién habla—le dijo—el tiracantos?
  Si limosna no alcanza,
¿qué es lo que suele hacer en tal querella?
Respondió el bravonel: irme sin ella.

24

A UN ERMITAÑO

(Manuscrito del Sr. Arrieta.)

SONETO

  Maestro era de esgrima Campuzano,
de espada y daga diestro a maravilla;
rebanaba narices en Castilla
y siempre le quedaba el brazo sano;
  quiso pasarse a Indias un verano,
y vino con Montalvo el de Sevilla;
cojo quedó de un pie de la rencilla,
tuerto de un ojo, manco de una mano.
  Vínose a recoger a aquesta ermita
con su palo en la mano y su rosario
y su ballesta de matar pardales.
  Y con su Madalena, que le quita
mil canas, está hecho un San Hilario.
¡Ved cómo nacen bienes de los males!

25

LOS ÉXTASIS DE LA BEATA MADRE TERESA DE JESÚS

(Compendio de las fiestas celebradas en España con motivo de la beatificación de la madre Teresa de Jesús, por fray Diego de San José, 1615.)

CANCIÓN

Virgen fecunda, madre venturosa,
cuyos hijos, criados a tus pechos,
sobre sus fuerzas la virtud alzando,
pisan ahora los dorados techos
de la dulce región maravillosa
que está la gloria de su Dios mostrando;
tú que ganaste obrando
un nombre en todo el mundo
y un grado sin segundo,
ahora estés ante tu Dios postrada,
en rogar por tus hijos ocupada,
o en cosas dignas de tu intento santo,
oye mi voz cansada,
y esfuerza; ¡oh madre!, el desmayado canto.

Luego que de la cuna y las mantillas
sacó Dios tu niñez, diste señales
que Dios para ser suya te guardaba,
mostrando los impulsos celestiales
en ti (con ordinarias maravillas),
que a tu edad tu deseo aventajaba.
Y así sí descuidaba
de lo que hacer debía,
tal vez luego volvía
mejorado, mostrando, codicioso,
que el haber parecido perezoso
era en volver atrás para dar salto
con curso más brioso,
desde la tierra al cielo, que es más alto.

Creciste, y fue creciendo en ti la gana
de obrar en proporción de los favores
con que te regaló la mano eterna;
tales que al parecer se alzó a mayores
contigo alegre Dios, en la mañana,

de tu florida edad, humilde y tierna.
Y así tu ser gobierna,
que poco a poco subes
sobre las densas nubes
de la suerte mortal, y así levantas
tu cuerpo al cielo sin fijar las plantas,
que ligero tras sí el alma le lleva
a las regiones santas
con nueva suspensión, con virtud nueva.
    Allí su humildad te muestra santa;
acullá se desposa Dios contigo;
aquí misterios altos te revela;
tierno amante se muestra, dulce amigo,
y siendo tu maestro, te levanta
al cielo, que señala por tu escuela.
Parece se desvela
en hacerte mercedes;
rompe rejas y redes
para buscarte el mágico divino,
tan tu llegado siempre y tan contino,
que si algún afligido a Dios buscara,
acortando camino
en tu pecho o en tu celda le hallara.
    Aunque naciste en Ávila, se puede
decir que en Alba fue donde naciste;
pues allí nace donde muere el justo.
Desde Alba, ¡oh madre!, al cielo te partiste;
Alba pura, hermosa, a quien sucede
el claro día del inmenso justo.
Que le goces es justo
en éxtasis divinos,
por todos los caminos
por donde Dios llevar a un alma sabe,
para darle de sí cuanto ella cabe,
y aun la ensancha, dilata y engrandece,
y con amor suave
así y de si la junta y enriquece.
    Como las circunstancias convenibles,
que acreditan los éxtasis, que suelen
indicios ser de santidad notoria,
en los tuyos se hallaron, nos impelen
a creer la verdad de los visibles
que nos describe tu discreta historia;

y el quedar con vitoria,
honroso triunfo y palma
del infierno, y tu alma
más humilde, más sabia y obediente
al fin de tus arrobos, fue evidente
señal que todos fueron admirables
y sobrehumanamente
nuevos, continuos, sacros, inefables.
   Ahora, pues que al cielo te retiras
menospreciando la mortal riqueza
en la inmortalidad que siempre dura,
y el visorrey de Dios nos da certeza
que sin enigma y sin espejo miras
de Dios la incomparable hermosura,
colma nuestra ventura,
oye devota y pía
los balidos que envía
el rebaño infinito que criaste
cuando del suelo al cielo el vuelo alzaste;
que no porque dejaste nuestra vida
la caridad dejaste,
que en los cielos está más extendida.
   Canción, de ser humilde has de preciarte
cuando quieras al cielo levantarte;
que tiene la humildad naturaleza
de ser el todo y parte
de alzar al cielo la mortal bajeza.

26

LOS CELOS

ROMANCE

(Romancero de D. Eugenio Ochoa. París, 1838.)

Yace donde el sol se pone,
entre dos tajadas peñas,
una entrada de un abismo,
quiero decir una cueva,
profunda, lóbrega, obscura,
aquí mojada, allí seca,
propio albergue de la noche
del horror y las tinieblas.
Por la boca sale un aire
que al alma encendida hiela,
y un fuego de cuando en cuando
que el pecho de hielo quema.
  Oyese dentro un ruido
como crujir de cadenas,
y unos ayes luengos, tristes,
envueltos en tristes quejas.
Por las funestas paredes,
por los resquicios y quiebras,
mil víboras se descubren
y ponzoñosas culebras.
A la entrada tiene puesto,
en una amarilla piedra,
huesos de muerto encajados
en modo que forman letras;
las cuales vistas del fuego
que arroja de sí la cueva,
dicen: "Esta es la morada
de los celos y sospechas."
Y un pastor cantaba al uso
esta maravilla cierta
de la cueva, fuego y hielo,
aullidos, sierpes y piedra.
El cual oyendo le dijo:
—Pastor, para que te crea

no has menester juramentos
ni hacer la vista experiencia.
Un vivo traslado es ese
de lo que mi pecho encierra,
el cual como en cueva obscura
no tiene luz ni la espera.
Seco le tienen desdenes,
bañado en lágrimas tiernas;
aire, fuego y los suspiros
le abrasan contino y hielan.
Los lamentables aullidos
son mis continuas querellas,
víboras mis pensamientos
que en mis entrañas se ceban.
La piedra escrita amarilla
es mi sin igual firmeza;
que mis huesos en la muerte
mostrarán que son de piedra.
Los celos son los que habitan
en esta morada estrecha,
que engendraron los descuidos
de mi querida Silena.
En pronunciando este nombre
cayó como muerto en tierra;
que de memorias de celos
aquestos fines se esperan.

27

EL DESDÉN

ROMANCE

(El mismo *Romancero.*)

A tus desdenes, ingrata,
tan usado está mi pecho,
que dellos ya se sustenta
como el áspid del veneno.
En tu amor pensé anegarme,
pensé abrasarme en tu fuego;
mas ya no temo a tus brasas,
tampoco a tus hielos temo.

Tormentas me son bonanzas
y duros naufragios puertos;
como simple mariposa,
por lo que me mata muero.
Digiero ya tus desdenes
como el avestruz el hierro,
aunque en los míos no se halla
causa por do los merezco.
Pero basta ser tu gusto
para que confiese habellos,
que, aunque con obras me ofendes,
no en pensamiento te ofendo.
Pasados son dos veranos
(para mí siempre es invierno);
los árboles reverdecen,
y yo siempre mustio y seco.
Revístense de esperanza,
yo de esperar desespero;
llevan dulcísimos frutos,
yo amargos suspiros llevo.
Al fin es mi voluntad
veleta para tus vientos;
hiele, ventisque y granice,
que yo no quiero otro tiempo
porque para resistirle
muy buen pellico me tengo,
guarnecido de paciencia
y aforrado en sufrimiento.
Pasadas son treinta lunas,
y no hay mudanza en los tiempos,
siempre yo las veo menguantes
y crecer mis ansias veo.
Todas las cosas se mudan,
y tú no mudas de intento,
siempre muda a mis razones
y siempre sorda a mis ruegos.
Aunque no quiero mudanzas,
que de tu condición creo
que cuando acaso te mudes
será de desdén a celos;
y habiendo de ser así,
de tal mudanza reniego,
que es mejor andar con quejas

que padecer mal de perros.
Tampoco favores tuyos
los quiero ni los pretendo,
que se ha ya estragado el gusto,
y ningún gusto pretendo.
Si acaso sueño algún bien,
como es ordinario en sueños,
con el temor de enojarte
sobresaltado despierto.
Mira, cruel, qué me debes;
pues no sufro cuando duermo
a tu disgusto mis gustos,
y en los tuyos me desvelo.
Al fin mis deseos vistos,
es ver lo que tus deseos;
y quiero lo que tú quieres,
pues no quieres lo que quiero.

28

ELICIO

ROMANCE

(El mismo *Romancero.*)

Elicio, un pobre pastor,
ausente de Galatea,
dulce prenda de su alma,
a quien deja el alma en prendas;
cuya perfección adora,
cuyo nombre reverencia,
por quien vive y por quien muere,
de cuyo esclavo se precia;
sobre un cayado de pechos,
cortado de su paciencia
para golpes de fortuna
y para servir de prueba;
al hombro un zurrón colgado
de temores y sospechas,
que en destierro semejante
es la carga que más pesa;
una honda con que arroja

del hondo pecho las quejas,
que sin piedad descomponen
los corazones de piedra;
a sombra de su cayado,
si dan sombras las tinieblas
en que pone a una alma triste
la escura noche de ausencia;
orilla del mar profundo
de sus congojas inmensas,
que le alborotan suspiros
y lágrimas le acrecientan;
guardando mal de su grado
un gran rebaño de penas,
hecha la imaginación,
para que todo le ofenda,
un caos de memorias tristes,
una confusión inmensa;
vueltos los ausentes ojos
a la venturosa tierra
adonde tiene su dama
y sus pensamientos deja;
al desapacible son
de las ardientes centellas
que por los aires se esparcen,
desta suerte se lamenta:
"Fortuna, no desesperes,
que si en mi muerte te vengas,
morirá por fuerza presto
quien vive ausente por fuerza;
pues no merece sepulcro
quien muriendo desespera,
amigos que le acompañen,
antorchas, luto ni exequias.
Basta por lumbre mi fuego
y por bronce mi firmeza,
mis tristes ansias por luto,
por funeral mis endechas.
Sólo pido que, en memoria
de mi rabiosa dolencia
y destas lágrimas tristes
que del placer desesperan,
quede aquí por simulacro
una fuente dellas hecha,

una fuente de alabastro
que de contino las vierta;
y podrá bien empinarse
a las encumbradas sierras
por el peso de la altura
que alcanza el origen della.
Sirva el agua de remedio
para deshelar tibiezas,
y curar ingratitudes
dondequiera que las vea;
y en la virtud milagrosa
de sus efetos se vea
la fe con que murió Elicio
ausente de Galatea."

29

GALATEA

ROMANCE

(El mismo *Romancero.*)

  Galatea, gloria y honra
del Tajo y de nuestro siglo,
atormentada y celosa
con penas y sin Elicio;
de mal de ausencia a la muerte,
con calentura y sin frío,
ronco y levantado el pecho
de quejas y de suspiros;
vueltos los hermosos ojos
en dos caudalosos ríos;
el color de su ventura
más que la cera amarillo;
con crecimiento de fe
y fe de su bien perdido;
sin pulso las esperanzas,
el sufrimiento en un hilo;
para manjares del alma
estragado el apetito,
que sin la salsa que falta
todos le causan hastío,

está vivo por milagro,
pero muerto más que vivo,
que su mal el primer día
es tan mortal como el quinto,
tiene fe, le dará vida
un trago sólo de vino,
pues sólo el trago de *fuese*
la tiene en tanto peligro;
y con ser médico el tiempo
de dolores peregrinos,
no le permite y alarga
la cura como enemigo;
que él no receta jamás
sino infusiones de olvido,
que en pocos nobles sujetos
obran presto y dan olvido
mas en pechos delicados,
tiernos de amor y rendidos
ni por la vida no sufren
tan groseros bebedizos,
y quiere más Galatea
dar la suya en sacrificio
que ver por tan mal remedio
de su salud el principio.
Desecha entretenimientos
de contento y regocijo,
sólo el eco busca y llama,
porque dobla sus gemidos.
"Oye mis querellas, dice;
¿dónde estás, Elicio mío?
¿Cómo, cruel, no respondes
cuando tu nombre repito?
Si es que el viento no lleva
mis voces a tus oídos,
no lleve mi fe jurada
ni mi esperanza conmigo.
Por copia vaya mi alma,
y no de balde la envío,
pues me deja en este fresno
por juzgar su paraíso.
No trates, pues, de ofenderme,
siquiera por el testigo,
que le creerán fácilmente

en mi desdicha su dicho.
Esto te suplico sólo;
mira si al amor me humillo,
que con ser tiempo de mandas,
no mando, sino suplico."

30

AL CONDE DE SALDAÑA

(Manuscrito autógrafo de D. Juan Cortada.)

ODA

   Florida y tierna rama
del más antiguo y generoso tronco
que celebró la Fama
con acento sutil en metal ronco,
pues yo a tu sombra vivo
laurel serás de lo que en ella escribo.
   Oh genio de Saldaña,
honra y amparo dulce de mi pluma,
los más cisnes que baña
el agua deste río en blanca espuma
que al cortarla levantan,
por excusar tu fin tus prendas cantan.
   Cuál dellos enriquece
con tu primer progenitor su canto,
a quien España ofrece,
mezclado en gozo, agradecido llanto.
Tal pide un rey que huye
y un vasallo que imperios restituye.
   De Sando (joven bello)
la prodigiosa empresa solemniza,
y de miedo el cabello
segunda vez el africano eriza.
Muestras nos dan tus años
que harás en ellos más llorados daños.
   Cuál de tu padre amado
canta el valor que en tu persona siente
con vivo e igual traslado;
así vemos del sol el rayo ardiente
traer hacia la tierra

cuanta virtud el sol entero encierra.
  Celebra su privanza
que libra el orbe en su cerviz constante
debida confianza
del gran Filipo agradecido atlante,
si en fe de tus anales
reyes no hubiera a no haber Sandovales
  Cuál de tu grande casa
mil honrados blasones encarece,
aunque con voz escasa
viva timbre en sus paños resplandece,
no de matiz bordada
cuanto de sangre propia salpicada.
  Cuál con voz victoriosa
de despojos torcido alza el trofeo,
o sangre venturosa,
que, para las banderas que en ti veo,
con singular ejemplo
hubo la Fama de ensanchar su templo.
  Yo, señor, entre todos
admiro tu valor, tus prendas raras,
reliquias de los godos,
tu rostro hermoso, tus virtudes claras,
tus dignas esperanzas,
sujeto de más dignas alabanzas;
  ese agradable aspeto,
digno de cetro y vendas imperiales,
que el amor y el respeto
obliga a ser en tu obediencia iguales,
la gracia de la gente
mucha colgada al ceño de tu frente;
  ese divino ingenio,
y, lo que es más, en años tiernos grave,
ese superior genio,
espíritu gentil, decir suave,
y tinas secretas señas
con que tu vida a un gran suceso empeñas.
  Tal vez hirió en mis ojos
la lumbre de tu rostro, afectos tiernos
te rendí por despojos;
ojalá pueda en mármoles eternos
tallar nuestros trasuntos,
vivirán Curcio y su Alejandro juntos.

Tal fue la fuerza presta
que de Israel al príncipe heredero,
y al que rindió en apuesta
con el villano arnés al jayán fiero
juntó vistas y palmas,
prendas, vestido, inclinaciones y almas.
  Ni juzgues a locura
la confianza hidalga deste trueco;
la voz de un ángel pura
entre guijarros toscos halla el eco,
y los dos que se amaban
ya del cayado y ya del cetro usaban.
  Sombra y amor me ofreces,
y aunque en fe dello aquesta humilde yedra
al paso que tú creces
en esperanzas y verdores medra,
antes que rama abrace
el pie besa del tronco donde nace.
  Tutelar dulce mío,
a quien no sé qué fuerza me destina
como a la mar el río;
si aquélla es fuerza que a mi bien me inclina,
estos versos escucha,
donde el amor con el ingenio lucha.
  Un natural forzado
del son lírico ajeno, mal podía
aunque de amor guiado,
acertarte a servir; verná algún día
que a ti mis pensamientos
consagren inmortales monumentos.

31

A DON DIEGO ROSEL Y FUENLLANA

Inventor de nuevos artes

Jamás en el jardín de Falerina
ni en la Parsana inaccesible cuesta
se vio *rosel* ni rosa cual es esta,
por quien gimió la maga Dragontina.
    Atrás deja la flor que se reclina
en la del Tronto archiducal floresta,
dejando olor por vía manifiesta,
que a la region del cielo la avecina.
    Crece, ¡oh muy felice planta!, crece,
y ocupen tus pimpollos todo el orbe,
renumbando, crujiendo y espantando:
    El Betis calle, pues el Po enmudece,
y la muerte, que a todo humano sorbe,
sólo esta rosa vaya eternizando.

32

A DOÑA ALFONSA GONZALEZ DE SALAZAR

Monja en el convento de Constantino pla, de Madrid

En vuestra sin igual dulce armonía,
hermosísima Alfonsa, nos reserva
la nueva, la sin par sacra Minerva,
cuanto de nuevo y santo el cielo cría.
    Llega el felice punto, llega el día
en que si os oye la infernal caterva,
huye gimiendo al centro, y de la acerba
región, suspiros a la tierra envía.
    En fin, vos convertís el suelo en cielo
con la voz celestial, con la hermosura,
que os hacen parecer ángel divino;
    y así, conviene que tal vez el velo
alcéis, y descubráis esa luz pura
que nos pone del cielo en el camino.

33

AL DOCTOR FRANCISCO DÍAZ

Tú, que con nuevo y singular decoro
tantos remedios para un mal ordenas,
bien puedes esperar destas arenas
del sacro Tajo, las que son de oro;
  y el lauro que se debe al que un tesoro
halla de ciencia con tan ricas venas,
de raro advertimiento y salud llenas,
contento y risa del enfermo lloro.
  Que por tu industria una deshecha piedra
mil mármoles, mil bronces a tu fama
dará, sin envidiosas competencias.
  Daráte el cielo palma, el suelo hiedra,
pues el uno y el otro ya te llama
espíritu de Apolo en ambas ciencias.

34

EPÍSTOLA

*Hallada entre varios manuscritos curiosos, en el archivo del
Excelentísimo Señor Conde de Altamira*

A MATEO VAZQUEZ, MI SEÑOR

Si el bajo son de la zampoña mía,
señor, a vuestro oido no ha llegado
en tiempo que sonar mejor debía,
  no ha sido por la falta de cuidado,
sino por sobra del que me ha traído
por extraños caminos desviado.
  También, por no adquirirme de atrevido
el nombre odioso, la cansada mano
ha encubierto las faltas del sentido.
  Mas ya que el valor vuestro sobrehumano,
de quien tiene noticia todo el suelo,
la graciosa altivez, el trato llano,
  aniquilan el miedo y el recelo
que ha tenido hasta aquí mi humilde pluma

de no quereros descubrir su vuelo;
  de vuestra alta bondad y virtud suma
diré lo menos, que lo más, no siento
quien de cerrarlo en verso se presuma.
  Aquel que os mira en el subido asiento
do el humano favor puede encumbrarse,
y que no cesa el favorable viento
  y él se ve entre las ondas anegarse
del mar de la privanza, do procura
o por *fas* o por *nefas* levantarse,
  ¿quién duda que no dice: "La ventura
ha dado en levantar este mancebo
hasta ponerle en la más alta altura?
  "Ayer le vimos inexperto y nuevo
en las cosas que agora mide y trata
tan bien, que tengo envidia y las apruebo."
  Desta manera se congoja y mata
el envidioso, que la gloria ajena
le destruye, marchita y desbarata.
  Pero aquel que con mente más serena
contempla vuestro trato y vida honrosa,
y el alma dentro, de virtudes llena,
  no la insconstante rueda presurosa
de la falsa fortuna, suerte o hado,
signo, ventura, estrella ni otra cosa,
  dice que es causa que en el buen estado
que agora poseéis os haya puesto,
con esperanza de más alto grado;
  mas sólo el modo de vivir honesto,
la virtud escogida que se muestra
en vuestras obras y apacible gesto,
  éste dice, señor, que os da su diestra
y os tiene asido con sus fuertes lazos,
y a más y a más subir siempre os adiestra.
  ¡Oh sanctos, oh agradables dulces brazos
de la santa virtud, alma y divina,
y sancto quien recibe sus abrazos!
  Quien con tal guía como vos camina,
¿de qué se admira el ciego vulgo bajo
si a la silla más alta se avecina?
  Y puesto que no hay cosa sin trabajo,
quien va sin la virtud, va por rodeo,
y el que la lleva, va por el atajo.

Si no me engaña la experiencia, creo
que se ve mucha gente fatigada
de un solo pensamiento y un deseo.

Pretenden más de dos llave dorada;
muchos un mesmo cargo, y quién aspira
a la fidelidad de una embajada.

Cada cual por sí mismo al blanco tira
do asestan otros mil, y sólo es uno
cuya saeta dio do fue la mira.

Y éste quizá, que a nadie fue importuno,
ni a la soberbia puerta del privado
se halló, después de vísperas, ayuno,

ni dio ni tuvo a quien pedir prestado,
sólo con la virtud se entretenía,
y en Dios y en ella estaba confiado.

Vos sois, señor, por quien decir podría
(y lo digo y diré sin estar mudo)
que sola la virtud fue vuestra guía,

y que ella sola fue bastante, y pudo
levantaros al bien do estáis agora,
privado humilde, de ambición desnudo.

¡Dichosa y felicísima la hora
donde tuvo el real conoscimiento
noticia del valor que anida y mora

en vuestro reposado entendimiento,
cuya fidelidad, cuyo secreto
es de vuestras virtudes el cimiento!

Por la senda y camino más perfeto
van vuestros pies, que es la que el medio tiene,
y la que alaba el seso más discreto.

Quien por ella camina, vemos viene
a aquel dulce, suave paradero
que la felicidad en sí contiene.

Yo, que el camino más bajo y grosero
he caminado en fría noche escura,
he dado en manos del atolladero;

y en la esquiva prisión, amarga y dura,
adonde agora quedo, estoy llorando
mi corta infelicísima ventura,

con quejas tierra y cielo importunando,
con sospiros al aire escuresciendo,
con lágrimas el mar acrescentando.

Vida es ésta, señor, do estoy muriendo,

entre bárbara gente descreída
la mal lograda juventud perdiendo.
   No fue la causa aquí de mi venida
andar vagando por el mundo acaso,
con la vergüenza y la razón perdida.
   Diez años ha que tiendo y mudo el paso
en servicio del gran Filipo nuestro,
ya con descanso, ya cansado y laso;
   y en el dicho día que siniestro
tanto fue el hado a la enemiga armada,
cuanto a la nuestra favorable y diestro,
   de temor y de esfuerzo acompañada,
presente estuvo mi persona al hecho,
más de esperanza que de hierro armada.
   Vi el formado escuadrón roto y deshecho,
y de bárbara gente y de cristiana
rojo en mil partes de Neptuno el lecho;
   la muerte airada, con su furia insana,
aquí y allí con priesa discurriendo,
mostrándose, a quién tarda, a quién temprana;
   el son confuso, el espantable estruendo,
los gestos de los tristes miserables
que entre el fuego y el agua iban muriendo;
   los profundos suspiros lamentables
que los heridos pechos despedían,
maldiciendo sus hados detestables.
   Helóseles la sangre que tenían,
cuando en el son de la trompeta nuestra
su daño y nuestra gloria conoscían.
   Con alta voz, de vencedora muestra,
rompiendo el aire claro, el son mostraba
ser vencedora la cristiana diestra.
   A esta dulce sazón, yo, triste, estaba
con la una mano de la espada asida,
y sangre de la otra derramaba;
   el pecho mío de profunda herida
sentía llagado, y la siniestra mano
estaba por mil partes ya rompida.
   Pero el contento fue tan soberano,
que a mi alma llegó, viendo vencido
el crudo pueblo infiel por el cristiano,
   que no echaba de ver si estaba herido,
aunque era tan mortal mi sentimiento,

que a veces me quitó todo el sentido;
    y en mi propia cabeza el escarmiento
no me pudo estorbar que el segundo año
no me pusiese a discreción del viento;
    y al bárbaro, medroso, pueblo extraño
vi recogido, triste, amedrentado,
y con causa temiendo de su daño;
    y al reino tan antiguo y celebrado,
a do la hermosa Dido fue vendida
al querer del troyano desterrado,
    también, vertiendo sangre aún la herida
mayor, con otras dos, quise ir y hallarme,
por ver ir la morisma de vencida.
    Dios sabe si quisiera allí quedarme
con los que allí quedaron esforzados,
y perderme con ellos o ganarme;
    pero mis cortos implacables hados
en tan honrosa empresa no quisieron
que acabase la vida y los cuidados;
    y al fin por los cabellos me trajeron
a ser vencido por la valentía
de aquellos que después no la tuvieron.
    En la galera *Sol,* que escurescía
mi ventura su luz, a pesar mío.
fue la pérdida de otros y la mía.
    Valor mostramos al principio y brío,
pero después, con la experiencia amarga,
conoscimos ser todo desvarío.
    Sentí de ajeno yugo la gran carga,
y en las manos sacrílegas malditas
dos años ha que mi dolor se alarga.
    Bien sé que mis maldades infinitas,
y la poca atrición que en mí se encierra,
me tiene entre estos falsos ismaelitas.
    Cuando llegué vencido y vi la tierra
tan nombrada en el mundo, que en su seno
tantos piratas cubre, acoge y cierra,
    no pude al llanto detener el freno,
que a mi despecho, sin saber lo que era,
me vi el marchito rostro de agua lleno.
    Ofrecióse a mis ojos la ribera
y el monte donde el grande Carlos tuvo
levantada en el aire su bandera,

y el mar que tanto esfuerzo no sostuvo,
pues movido de envidia de su gloria,
airado entonces más que nunca estuvo.

Estas cosas volviendo en mi memoria,
las lágrimas trujeron a los ojos,
movidas de desgracia tan notoria.

Pero si el alto Cielo en darme enojos
no está con mi ventura conjurado,
y aquí no lleva muerte mis despojos,

cuando me vea en más alegre estado,
si vuestra intercesión, señor, me ayuda
a verme ante Filipo arrodillado,

mi lengua balbuciente y cuasi muda
pienso mover en la real presencia,
de adulación y de mentir desnuda,

diciendo: "Alto Señor, cuya potencia
sujetas trae mil bárbaras naciones
al desabrido yugo de obediencia;

"a quien los negros indios con sus dones
reconoscen honesto vasallaje,
trayendo el oro acá de sus rincones;

"despierte en tu real pecho el gran coraje,
la gran soberbia con que una vil oca
aspira de contino a hacerte ultraje.

"La gente es mucha, mas su fuerza es poca,
desnuda, mal armada, que no tiene
en su defensa fuerte muro o roca.

"Cada uno mira si tu armada viene,
para dar a sus pies el cargo y cura
de conservar la vida que sostiene.

"Del amarga prisión triste y escura,
adonde mueren veinte mil cristianos,
tienes la llave de su cerradura.

"Todos, cual yo, de allá puestas las manos,
las rodillas por tierra, sollozando,
cercados de tormentos inhumanos,

"valeroso Señor, te están rogando
vuelvas los ojos de misericordia
a los suyos, que están siempre llorando.

"Y pues te deja agora la discordia,
que hasta aquí te ha oprimido y fatigado,
y gozas de pacífica concordia,

"haz ¡oh buen Rey! que sea por ti acabado

lo que con tanta audacia y valor tanto
fue por tu amado padre comenzado.
  "Sólo el pensar que vas, pondrá un espanto
en la enemiga gente, que adevino
ya desde aquí su pérdida y quebranto."
  ¿Quién duda que el real pecho benino
no se muestre, escuchando la tristeza
en que están estos míseros contino?
  Bien parece que muestro la flaqueza
de mi tan torpe ingenio, que pretende
hablar tan bajo ante tan alta alteza;
  pero el justo deseo la defiende...
Mas a todo silencio poner quiero;
que temo que mi pluma ya os ofende,
y al trabajo me llaman donde muero.

35

DOS SONETOS INÉDITOS

Dirigidos a Bartolomé Rufino de Chamberí, cautivo en Argel, autor de un escrito
Sopra la desolatione della Goletta E Forte Di Tunisi, *con dedicatoria fecha en*
3 *de febrero de* 1577.

EN LOOR DEL AUTOR

  ¡Oh cuán claras señales habeis dado,
alto Bartolomeo de Rufino,
que de Parnaso y Ménalo el camino
habeis dichosamente paseado!
  Del siempre verde lauro coronado
sereis, si yo no soy mal adivino,
si ya vuestra fortuna y cruel destino
os saca de tan triste y bajo estado;
  pues libre de cadenas vuestra mano,
reposando el ingenio, al alta cumbre
os podeis levantar seguramente;
  oscureciendo al gran Livio romano,
dando de vuestras obras tanta lumbre,
que bien merezca el lauro vuestra frente.

36

EN ALABANZA DE LA MISMA OBRA

Si ansí como de nuestro mal se canta,
en esta verdadera, clara historia,
se oyera de cristianos la victoria,
¿cuál fuera el fruto desta rica planta?
    Ansí, cual es, al cielo se levanta,
y es digna de inmortal, larga memoria,
pues libre de algún vicio y baja escoria,
al alto ingenio admira, al bajo espanta.
    Verdad, orden, estilo claro y llano,
cual a perfecto historiador conviene,
en esta breve suma está cifrado.
    ¡Felice ingenio, venturosa mano,
que entre pesados hierro apretado,
tal arte y tal virtud en sí contiene!

DOS CANCIONES A LA ARMADA INVENCIBLE

Las dos Canciones a la Armada Invencible son atribuidas a Cervantes por Manuel Serrano y Sanz, que las publicó por vez primera en el capítulo con que contribuyó al libro titulado Homenaje a Menéndez y Pelayo, *publicado en el año 1899, y en el que se encuentran estudios de todos los eruditos de la época. Publícanse a continuación con la misma ortografía con que aparacen en el original encontrado:*

37

CANCIÓN

Nacida de las varias nuevas que an venido de la Católica Armada que fue sobre Inglaterra.

DE MIGUEL DE CERVANTES SAAVEDRA

Vate fama veloz las prestas alas,
rompe del norte las cerradas nieblas,
aligera los pies, llega y destruye
el confusso rumor de nueuas malas
y con tu luz desparce las tinieblas
del crédito español que de ti huye;

esta preñez concluye
en un parto dichoso que nos muestre
un fin alegre de la illustre empresa
cuyo fin nos suspende, alibia y pesa,
ya en contienda naval, ya en la terrestre,
hasta que con tus ojos y tus lenguas
diciendo agenas menguas
de los hijos de España el valor cantes
con que admires al cielo, al suelo espantes.
        Di con firme verdad firme y segura:
¿hizo el que pudo la victoria vuestra?
¿sentenciado ha su causa el Padre Eterno?
¿bañada queda en roja sangre y pura
la católica espada y fuerte diestra?
en fin, ¿de aquel que asiste a su govierno
poblado ha el hondo infierno
de nueuas *almas*[2], y de cuerpos lleno
el mar, que a los despojos y banderas
de las naciones pertinazes fieras
apenas dio lugar su inmenso seno,
del Pirata mayor del Occidente
ya inclinada la frente
y puesto al cuello altivo y indomable
del vencimiento el yugo miserable?

        Di, que al fin lo dirás, alli volaron
por el aire los cuerpos impelidos
de las fogosas maquinas de guerra;
aquí las aguas su color cambiaron
y la sangre de pechos atrevidos
humedecieron la contraria tierra;
como huye o *se*[3] aferra
este y aquel navío; en cuantos modos
se aparecen las sombras de la muerte
como juega fortuna con la suerte
no mostrándose igual ni firme a todos,
hasta que por mill varios embarazos
los españoles brazos

---

[2] En el Ms. *armas*.
[3] En el Ms. *si*.

rompiendo por el aire, tierra y fuego
declararon por suyo el mortal juego.

Píntanos ya un diluvio con razones
cansado de un conflicto temeroso
y que le pinta la contraria parte
mill cuerpos sobreaguados y en montones
confusos otros naden, codiciosos
de entretener la vida en cualquier parte;
al descuido y con arte
pinta rosas entenas, jarcias rotas
quillas sentidas, tablas desclavadas
y de inpaciencia y de rigor armadas
las dos, y no en valor, iguales flotas;
exprime los gemidos excesivos
de aquellos semivivos
que ardiendo al agua fria se arrojaban
y en la muerte del fuego muerte hallaban.

Después de esto dirás: en espaciosas
concertadas hileras va marchando
nuestro cristiano exército invencible
las cruzadas banderas victoriosas
al aire con donaire tremolando
haciendo vista fiera y apacible;
forma aquel son[4] horrible
que el cóncavo metal despide y forma
y aquel del atambor que engendra y cria
en el cobarde pecho valentia
y el temor natural trueca y reforma;
haz los reflejos y vislumbres bellas
que cual claras estrellas
en las lucidas armas el sol hace
cuando mirar este escuadrón le place.

Esto dicho, rebuelve presurosa
y en los oidos de los dos prudentes
famosos Generales, luego envía
una voz que les diga la gloriosa

---

[4] En el Ms. *sol.*

estirpe de sus claros ascendientes
cifra de más que humana valentia;
al que las naves guia[5]
muéstrale sobre un muro un caballero
mas que de hierro de valor armado,
y entre la turba mora un niño atado
qual entre ambrientos lobos un cordero
y al segundo Abraham que dé la daga
con que el bárbaro paga
el sacrificio horrendo que en el suelo
le dio fama inmortal, gloria en el cielo.

Dirás al otro[6] que en sus venas tiene
la sangre de Austria, que con esto sólo
le dirás cien mil hechos señalados
y en cuanto el ancho mar cerca y contiene
y en lo que mira el uno y otro polo
fueron por sus mayores acabados;
estos ansí informados
entra en el esquadrón de nuestra gente
y allá veras mirando a todas partes
mil Cides, mil Roldanes y mil Martes;
valiente aquel, acueste mas valiente;
a estos *solos* les dirás que miren
para que luego aspiren
a concluir la mas dudosa hazaña:
hijos mirad que es vuestra madre España.

La cual desde que al viento y *mar os distes*[7]
qual viuda llora vuestra ausencia larga,
contrita, humilde, tierna, mansa y justa
los ojos bajos, húmidos y tristes,
cubierto el cuerpo de una tosca carga
que de sus galas poco o nada gusta
hasta ver en la injusta
ceruiz inglesa puesto el suaue yugo
y sus puertas abrir de error cargadas

---

[5] D. Alonso Pérez de Guzmán, Duque de Medinasidonla.
[6] Alejandro Farnesio, hijo de Margarita de Austria.
[7] En el Ms. dice: *y mares distes.*

con las romanas llaves dedicadas
abrir el cielo como al cielo *plugo.*
Justa es la empresa y vuestro brazo fuerte;
aun de la misma muerte
quitara la victoria de la mano,
cuanto mas del vicioso luterano;

Muéstrales si es posible un verdadero
retrato del católico monarcha,
y veran de David la voz y el pecho;
las rodillas por el suelo, y un cordero[8]
mirando, a quien encierra y guarda un arca
mejor que aquella quisiera...[9]
puestos de trecho a trecho
doce descalzos ángeles mortales
en quien tanta virtud el cielo encierra
que con humilde voz desde la tierra
pasan del mismo cielo los umbrales;
con tal cordero, tal monarcha, y luego
de tales doce el ruego,
diles que está seguro el triumfo y gloria
y que ya España canta la victoria.

Canción, si vas despacio te envío,
en todo el cielo fío
que has de cambiar por nuevas de alegría
el nombre de canción y profecía.

---

[8] Así está en el Ms. este verso, estropeado, sin duda alguna, por el copista.
[9] Este verso debía rimar con *pecho* y *trecho;* como no es fácil restaurarlo, hemos preferido dejarle tal como se halla en el manuscrito.

38

(DEL MISMO)

CANCIÓN SEGUNDA

De la pérdida de la Armada que fue a Inglaterra

Madre de los valientes de la guerra
archivo de católicos soldados
crisol donde el amor de Dios se apura
tierra donde se ve que el cielo entierra
los que han de ser al cielo trasladados
por defensores de la fe mas pura:
no te parezca acaso desventura
¡o España, madre nuestra!
ver que tus hijos vuelven a tu seno
dejando el mar de sus desgracias lleno
pues no los vuelve la contraria diestra
vuélvelos la borrasca incontrastable
del viento, mar, y el cielo que consiente
que se alce un poco la enemiga frente,
odiosa al cielo, al suelo detestable,
porque entonces es cierta la caida
cuando es sobervia y vana la subida.

Abre tus brazos y recoge en ellos
los que vuelven confusos, no rendidos,
pues no se excusa lo que el cielo ordena
ni puede en ningún tiempo los cabellos
tener alguno con la mano asidos
de la calva occasión en suerte buena,
ni es de acero o diamante la cadena
con que se enlaza y tiene
el buen suceso en los marciales casos
y los más fuertes bríos quedan lasos
del que a los brazos con el viento viene;
y esta vuelta que ves desordenada
sin duda entiendo que ha de ser la vuelta
del toro, para dar mortal revuelta
a la gente con cuerpos desalmada
que el cielo aunque se tarda no es amigo
de dejar las maldades sin castigo.

A tu leon pisado le han la cola;
las vedijas sacude, ya revuelve
a la justa venganza de su ofensa
no solo suya, que si fuera sola
quiza la perdonara; solo vuelve
por la de Dios y en restaurarla piensa;
único es su valor, su fuerza inmensa,
claro su entendimiento,
indignado[10] con causa, y tal que a un pecho
cristiano, aunque de marmol fuese hecho
moviera a justo y vengativo intento,
y mas que el galo, el turco[11], el moro, mira
con vista aguda y ánimos perplejos
cuales son los comienzos y los dejos
y donde pone este león la mira
porque entonces su suerte está lozana
en cuanto tiene este león cuartana.

Ea, pues (o Felipe) señor nuestro
segundo en nombre y hombre sin segundo
columna de la fe segura y fuerte
vuelve en suceso mas feliz y diestro
este designio que fabrica el mundo
que piensa manso y sin coraje verte
como si no bastasen a muerte
tus puertos salteados
en las remotas Indias apartadas
y en tus casas tus naves abrasadas
y en la ajena los Templos profanados;
tus mares llenos de piratas fieros
por ellos tus armadas encogidas
y en ellos mil haciendas y mil vidas
sujetos a mil bárbaros aceros
cosas que cada cual por si es posible
a hacer que se intente aun lo imposible.

Pide, toma, Señor, que todo aquello

---

[10] En el Ms. *indigerado.*
[11] En el Ms. el *tusco.*

que tus basallos tienen se te ofrece
con liveral y valerosa mano
a trueque que al Inglés pérfido cuello
pongas al justo yugo que merece
su injusto pecho y proceder insano;
no sólo el oro que se adora en vano
sino sus hijos caros
te darán, cual el suyo dio Don Diego
que en propia sangre y en ajeno fuego
acrisolo los hechos siempre raros
de la casa de Córdova, que ha dado
catorce mayorazgos a las lanzas
moriscas, y con firmes confianzas
sus obras y su nombre an dilatado
por la espaciosa redondez del suelo,
que el que asi muere vive y gana el cielo.

En tanto que los brazos levantares
gran capitán de Dios, espera[12]
ver vencedor tu pueblo y no vencido;
pero si de cansado los vajares
los suyos alzará la gente fiera
que para el mal el malo es atrevido
y en tu perseverancia está incluido
un feliz suceso
de la empresa justísima que tomas
y no con ella un solo reino domas
que a muchos pones de temor el peso;
aseguras los tuyos, fortaleces
lo que la buena fama de ti canta
que eres un justo horror que al malo espanta
y mano que a los justos favoreces;
alza los brazos, pues, Moises Cristiano,
y póngalos por tierra el luterano.

Vosotros, que llevados de un deseo
justo y honrroso, al mar os entregastes
y el ocio blando y el regalo huistes

---

[12] En el Ms. dice *espira.* En este verso falta una palabra para completar el número de sílabas que le corresponden.

puesto que os imagino ahora y veo
entre el viento y el mar que contrastastes
y los mortales daños que sufristes
dentre Scila y Caribdis, no tan tristes
salís, que no se vea
en vuestro bravo baronil semblante
que rompereis por monte de diamante[13]
hasta igualar la desigual pelea;
que los bríos y brazos españoles
quilatan su valor su fuerza y brio
con la hambre, la sed, calor y frío
cual se quilata el oro en los crisoles
y apurados así, son cual la planta
que al cielo con la carga se levanta.

El diestro esgrimador, cuando le toca
quien save menos que el, se enciende en ira
y con facilidad se desagravia;
y en la orilla del mar la fuerte roca
mientras su furia a deshacerla aspira
muy poco o nada su rigor le agravia;
y es común opinión de gente savia
que cuanto más ofende
el malo al bueno, tanto mas aumenta
el temor del alcance de la cuenta,
que siempre es malo del que mal *espende*.
Triumfe el pirata pues ahora y haga
júbilo y fiestas porque el mar y el viento
han respondido al justo de su intento
sin acordarse si el que deve, paga,
que al sumar de la cuenta, en el remate
se hara un alcance que le alcance y mate.

O España, o Rey, o mílites famosos,
ofrece, manda, obedeced, que el Cielo
en fin ha de ayudar al justo celo
puesto que los principios sean dudosos,
y en la justa ocasión y en la porfía
encierra la victoria su alegría.

---

[13] En el Ms. *diamantes*.

DEDICATORÍA PERSONAL AL INMORTAL Y QUERIDO ESPÍRITU DE CERVANTES

"LA MAS TRISTE AVENTURA DEL INGENIOSO HIDALGO"[1]

El sutil y traicionero vientecillo que llega de todas partes, sin venir, al parecer, de ninguna, ha quebrado la tarde. Un hidalgo, de frente más despejada que el cielo, que a toda prisa se cubre de oscuros nubarrones, acelera el paso, ya vivo de por sí, temiendo la tormenta que se avecina. ¿Por qué salió de Illescas cuando el sol doblaba? ¿Adónde va? ¿Qué busca perdido por medio de los campos yermos, donde todo es adusto, aire, tierra, cielos, hasta la triste y cansada hora del anochecer? ¡Si hubiese sido siquiera un mes antes, cuando las alegres y lujuriantes cepas estaban en todo su esplendor!... Pero ahora, tan acabado octubre, nada verdea en los campos, ya mustios, fuera del siempre vestido olivo, más gris que verde, y de algún matojo aquí y allá de vivaz retama, que ya amarillea como los calvos cornijales de esparto y las aulagas de los gollizos.

Según va anda que te anda por la áspera y maravillosa tierra toledana —esa tierra seca, todo miga, que despreciando al Tajo, que la cruza ceñudo, hundido, saca del aire, de la noche, de la luna, de su misma secura tal vez, de no se sabe dónde, la dulce y prodigiosa agua que llena las tersas sandías y la suave miel de los incomparables melones, ¡los mejores del mundo! —; según va anda que te anda nuestro hidalgo, parece que se alarga el camino a medida que se acorta el día. Diríase que ante él se ensanchan los campos adustos: aquellos campos donde nada convida al descanso, ni sonríe, ni alegra la vista. Todo es como la propia imagen de su vida, errante, afanosa, dura, con leves claridades, como la de aquel sol cegado por espesas nubes.

Pensando en ello va tragando camino. Pero aún más aprisa la noche se le vuelca encima. Por suerte, al dominar un repecho, cuando el viento, cada vez más recio, le trae las primeras gotas que arrancó a la nube, divisa al otro lado de la hondonada, en una ladera y sentado en su halda, un pueblecillo. Allí está la vieja iglesia rodeada de casas cercadas de amplias y abrasadas tapias de adobes. Es Esquivias.

La lluvia arrecia. Pronto es diluvio. El hidalgo se cubre como puede con el pardinegro ferreruelo, y desatando la espada que le traba las piernas al correr, echa ladera abajo. Pero corren más el agua y la noche, y el vivo

---

[1] Cuento con el lema "Sansón Carrasco", premiado en el concurso abierto por "El Liberal" en memoria del escritor Nogales.

resplandor de los relámpagos y el fragor de los truenos. Es aún media hora terrible: unos minutos de fatigosa carrera, el resto de más aún fatigoso jadear.

La tierra, que parecía no tendría bastante para su sed con toda el agua de los mares, se ha convertido en un inmenso barrizal. El cielo ha humillado en un instante al polvo, que antes se levantaba pródigamente en torno del hidalgo. A su turno, el polvo vencido quiere ser vencedor del hombre una vez más y trata de sujetarle en cada paso.

Menester es la dura lucha con los elementos y la escasísima claridad para que no tenga ocasión el hidalgo de notar el triste e ingrato aspecto del cercano pueblo. Pero no está la noche, ni la tierra, ni los cielos, para reflexiones, y alcanzándole al fin, acude a la primera puerta para informarse.

Así, con las últimas luces, chorreando, rendido y muy quebrantados el ánimo y el cuerpo, se detiene ante un presuntuoso caserón, donde buscando refugio bajo el balcón saledizo que domina al rancio y carcomido escudo que honra puerta y casa, empuña el pesado aldabón.

—¿Quién?—pregunta una agria voz lejana.

—¡Gente de paz!

—¿Quién?—vuelve a demandar la voz.

—¿Es esta, por ventura, la casa de doña Catalina Palacios, viuda de don Hernán de Salazar?

—¿Qué quiere?

—¡Pardiez! Hospitalidad, abrigo, lumbre. Lo menos que puede querer y se le puede dar a un cristiano con esta noche. Cristiano, y pariente por añadidura. Diga, y va muy rogada la merced, que está aquí, ¡y harto necesitado!, Miguel de Cervantes.

La alcoba es alta, fría, inmensa. A la izquierda de la puerta hay una mesa grande de pino con torneadas patas. En la inmediata pared un arcón. Frente a él otra mesa no menos recia y espaciosa, y sobre ella un niño Jesús con mustio faldellín de terciopelo granate bordado y primorosa camisilla aljofarada. Varias sillas de moscovia, aún otra arqueta y la enorme cama de columnas con su paño azul, con rodapiés para cobertor y su cielo de angeo colorado forman el resto del macizo y oscuro mobiliario. Junto a la cama una estera de pleita. Otra más grande a los pies, entre mesas, sillas y arcones. En un rincón un pequeño brasero de azófar, que no se enciende sino cuando repican gordo. En fin, un ventanuco de a pie deja pasar al inmenso y frío aposento las luces y aires de un corral poco más grande y apenas más frío.

Pero la cama es buena. Entre las olorosas sábanas recias perfumadas con membrillos, y bajo las gruesas frazadas de lana de Sonseca, el hidalgo ya no tirita. Antes, una buena lumbre, una cena sencilla y abundante, como los banquetes homéricos, y largos tragos de ese vino seco y ardiente de la tierra, y como de la tierra—en que parece que el sol deja a porfía en las vidas el fuego que no podrá dar en invierno—, le han reconfortado. Y ahora sueña antes de dormirse.

Su parienta doña Catalina le ha recibido todo lo bien de que es capaz una mujer de su temple tacaño y taciturno. Más cordial, largo y mundano el hermano y clérigo. Y pasando mucho a ambos la hija, doña Catalina, cuyos hermanos hállanse a la sazón ausentes.

¡Ah, esta doña Catalina! El hidalgo, al pensar en ella, olvida su triste y menesterosa condición presente, su azarosa vida pasada, la reciente huida de Illescas (adonde le llevó su amistad con el farandulero Pedro Morales, que en mala hora creyó que en tal lugar gustarían sus farsas — entre ellas "El Trato de Argel", de nuestro hidalgo—), la tarde fría, los campos hoscos, la lluvia, la tormenta, el ceño adusto de la madre... ¡Ah, doña Catalina!

Doña Catalina tiene diecinueve años, los ojos pardos, la mirada viva y ardiente. Su pelo es negro, sus manos y su cara muy blancas. Sobre esta blancura pinta rosas todo el año el gracioso, quizá un poco fuerte, carmín de sus mejillas. ¡Ah, doña Catalina!

Doña Catalina no puede ser, como la madre, una mujer fría y calculadora. Doña Catalina es, él está seguro sin saberlo, una víctima de aquel pueblo triste, de aquel ambiente estrecho, de aquella casa yerta, en la que jamás hubo una rendija por donde pudiera pasar Amor siquiera una de sus flechas. Pero en su pecho, martirizado por el justillo, hay un corazón ardiente, que él ha visto asomarse veinte veces a los ojos durante la velada, cuando ha relatado sus pasadas aventuras. Hay un corazón rebosante de amor y de deseos de amar. ¡Cómo no adivinarlo en las húmedas pupilas y leve suspirar de los rojos labios finos cuando ha escuchado sus miserias y andanzas en la patria o fuera de ella, sus campañas de Lepanto y de la Goleta y las angustias del largo cautiverio en Argel! Hay un deseo inaplacado en la doncella de libertad, de alegría, de otra existencia que él puede ofrecerla con sólo darla de su tesoro, ¡de su inagotable tesoro de experiencia y de amor! Y piensa que a su lado ni el pueblo será mezquino, ni la tierra adusta, ni fría la casa, ni la vida tan grave. Al contrario, segura y tranquila para él; dulce y nueva y radiante para ella. Y sueña en quedarse allí. ¿Por qué no atracar a aquel puerto imprevisto que se le ofrece en medio de la borrasca de su vida? De un lado están las miserias y amarguras pasadas. De otro, aquella casa rica, de amplios graneros colmados, de bien provistas despensas, de alacenas repletas y aún más repletas bodegas... ¿Es quizá que al fin acaba para él la tormenta y sale el sol? ¡No ha de salir estando allí ella, tan blanca, tan joven, tan señora, tan virgen, tan pura!...

¡Ah, sí; él se casará con doña Catalina Salazar Palacios y Vozmediano!

Han pasado varios meses. En la parte más alta de la loma en cuya falda descansa Esquivias hay una ermita. En ella se venera a Santa Bárbara. El edificio no tiene ningún mérito, ni siquiera estilo. No posee en su modestia ni una torre gallarda y elegante, como la de Illescas, que se ve allá lejos vigilando la llanura, que ya verdea por la fuerza y merced de la primavera. A derecha e izquierda de la puerta de la ermita hay largos poyos de piedra. En uno de ellos, solo, pensativo y taciturno, está el hidalgo. Su actitud parece la de un vencido. Su cuerpo diríase fatigado, tal es su abandono. Sus brazos penden. Sus manos se cruzan por medio de las entreabiertas piernas. Sólo en sus ojos brilla la chispa que revela el temple no apagado de su alma. Y sus ojos están fijos en la ondulante llanura que se pierde a lo lejos. ¿En qué piensa? De sus labios parece que sale sin ruido una palabra: ¡Desencanto! Por sus pupilas habla su mente: ¡Desencanto...! ¿Qué ha sido de sus sueños pasados? ¿Qué de las dulces venturas que forjó un día?... ¡Nada! Las ilusiones no pasaron de ilusiones. Las realidades fueron realidades amargas. El hidalgo tiene una vez más el alma herida por el desengaño, y a través de su melancolía ni la apacible tarde es apacible, ni puro el puro cielo, ni bello el sol en su maravilloso ocaso, ni sereno el crepúsculo, ni perfumado el aire, que llega sutil y fragante y gozoso porque ha robado a fuerza de caricias los efluvios virginales de las primeras florecillas de los campos, el perfume del cantueso y del tomillo de la ladera y hasta el fresco verdor de los trigales.

En cambio, allí está más adusto que nunca el pueblo, con sus casas miserables y sus tapiales y zagalejos de bardazos. Allí sus gentes estrechas. Allí la tiesa casona, siempre fría; cada vez más fría. ¡Su casa! Porque es de doña Catalina, y doña Catalina es su mujer. ¡Su mujer! ¿Pero es realmente aquella doña Catalina la que él soñó? ¿Es aquélla la compañera comprensiva, alentadora, sufrida y animosa? ¿Es cómo la imaginó, casta y alegre, suave y cordial, abierta y generosa? No. Aquélla no es su casa, ni aquella gente huraña, triste, desconfiada, ordenada y seria, su gente; ni aquella familia reparadora, egoísta, ahorrativa y devota, su familia. Ni puede ser su mujer aquella mujer que tanto de todo ello tiene. ¿Cómo ha de ser su compañera siendo tan poco de su cuerpo por no ser nada de su espíritu? ¿Aquella mujer, que no escucha ni hace suyas sus ilusiones y que tacha de fantásticos sus sueños y de necias majaderías sus más bellas quimeras? ¿Qué había quedado del llamear de los oscuros ojos y del dulce temblor de los labios, que parecían abrirse a nueva vida cuando la contó por primera vez sus desdichas pasadas y la confió sus esperanzas venideras? ¿Cómo se pudo engañar tanto? ¿Por qué había vendido su libertad? ¿En dónde sintió tanta hambre de todo como en aquella casa tan sobrada? ¡Ah, si pudiera hacer como los pajarillos, que se aman volando! ¡Volar siquiera, ya que no amar como ellos! ¿Mas quién se lo impedía? ¿No estaba seguro de que en la casa fría no habrían de lamentar su ausencia? ¿Qué dejaba ni qué se llevaba? El cariño que sembró no había fructificado. Los desengaños eran su bagaje. Entonces, ¿qué le detenía?

Volvió a tender la vista por la llanura. El silencio era augusto; la calma, solemne; la paz, completa. Delante de sí tenía otra vez el mundo, y otra vez la vida. A un lado el pueblo; a otro, libre, el camino. Aquí el cuerpo ahíto y el alma ayuna. Allá de nuevo la batalla, la lucha, el hambre quizá, tal vez la miseria; ¿pero no encontraría un espíritu hermano y un alma amiga? ¿Por qué no volar?

Se levantó. Volvió por última vez la vista al caserío abrasado que descansaba a sus pies. Dejó escapar un suspiro, con el que se fueron ilusiones rotas que iban a dejar franco el paso a otras nuevas, y enderezándose, enterrando el pasado con un ademán, los ojos brillantes de resolución y entreabiertos los labios de esperanza, echó a correr ladera abajo, dejando Esquivias a su espalda. Y corrió loco, raudo, veloz, como si le faltase tiempo para llegar adonde el sol, todo luz, se ocultaba incendiando el firmamento.

JUAN B. BERGUA

EL CRÍTICO y EDITOR - Juan Bautista Bergua

Juan Bautista Bergua nació en España en 1892. Ya desde joven sobresalió por su capacidad para el estudio y su determinación para el trabajo. A los 16 años empezó la universidad y obtuvo el título de abogado en tan sólo dos años. Fascinado por los idiomas, en especial los clásicos, latín y griego, llegó a convertirse en un célebre crítico literario, traductor de una gran colección de obras de la literatura clásica y en un especialista en filosofía y religiones del mundo. A lo largo de su extraordinaria vida tradujo por primera vez al español las más importantes obras de la antigüedad, además de ser autor de numerosos títulos propios.

Su librería, la editorial y la "Generación del 27"

Juan B. Bergua fundó la Librería-Editorial Bergua en 1927, luego Ediciones Ibéricas y Clásicos Bergua. Quiso que la lectura de España dejara de ser una afición elitista. Publicó títulos importantes a precios asequibles a todos, entre otros, los diálogos de Platón, las obras de Darwin, Sócrates, Pitágoras, Séneca, Descartes, Voltaire, Erasmo de Rotterdam, Nietzsche, Kant y los poemas épicos de La Ilíada, La Odisea y La Eneida. Se atrevió con colecciones de las grandes obras eróticas, filosóficas, políticas, y la literatura y poesía castellana. Su librería fue un epicentro cultural para los aficionados a literatura, y sus compañeros fueron conocidos autores y poetas como Valle-Inclán, Machado y los de la Generación del 27.

El Partido Comunista Libre Español y las amenazas de la izquierda

Poco antes de la Guerra Civil Española, en los años 30, Juan B. Bergua publicó varios títulos sobre el comunismo. El éxito, mucho mayor de lo esperado, le llevó a fundar el Partido Comunista Libre Español que llegaría a tener mas de 12.000 afiliados, superando en número al Partido Comunista prosoviético oficial existente. Su carrera política no duró mucho después que estos últimos le amenazaran de muerte viéndose obligado a esconderse en Getafe.

La Censura, quema de libros y sentencia de muerte de la derecha

Juan B. Bergua ofreció a la sociedad española la oportunidad de conocer otras culturas, la literatura universal y las religiones del mundo, algo peligrosamente progresivo durante esta época en España.

En el 1936 el ejército nacionalista de General Franco llegó hasta Getafe, donde Bergua tenía los almacenes de la editorial. Fue capturado, encarcelado y sentenciado a muerte por los Falangistas, la extrema derecha.

Mientras estuvo en la cárcel temiendo su fusilamiento, los falangistas quemaron miles de libros de sus almacenes por encontrarlos contradictorios a la Censura, todas las existencias de las colecciones de la Historia de Las Religiones y la Mitología Universal, los libros sagrados de los muertos de los Egipcios y Tibetanos, las traducciones de El Corán, El Avesta de Zoroastrismo, Los Vedas (hinduismo), las enseñanzas de Confucio y El Mito de Jesús de Georg Brandes, entre otros.

Aparte de los libros religiosos y políticos, los falangistas quemaron otras colecciones como Los Grandes Hitos Del Pensamiento. Ardieron 40.000 ejemplares de La Crítica de la Razón Pura de Kant, y miles de libros más de la filosofía y la literatura clásica universal. La pérdida de su negocio fue un golpe tremendo, el fin de tantos esfuerzos y el sustento para él y su familia…fue una gran pérdida también para el pueblo español.

PROTEGIDO POR GENERAL MOLA Y EXILIADO A FRANCIA

Cuando General Emilio Mola, jefe del Ejército del Norte nacionalista y gran amigo de Bergua, recibe el telegrama de su detención en Getafe intercede inmediatamente para evitar su fusilamiento. Le fue alternando en cárceles según el peligro en cada momento. No hay que olvidar que durante la guerra civil, los falangistas iban a buscar a los "rojos peligrosos" a las cárceles, o a sus casas, y los llevaban en camiones a las afueras de las ciudades para fusilarlos.

–El General y "El Rojo"–Su amistad venia de cuando Mola había sido Director General de Seguridad antes de la guerra civil. En 1931, tras la proclamación de la Segunda República, Mola se refugió durante casi tres meses en casa de Bergua y para solventar sus dificultades económicas Bergua publicó sus memorias. Mola fue encarcelado, pero en 1934 regresó al ejército nacionalista y en 1936 encabezó el golpe de estado contra la República que dio origen a la Guerra Civil Española. Mola fue nombrado jefe del Ejército del Norte de España, mientras Franco controlaba el Sur.

Tras la muerte de Mola en 1937, su coronel ayudante dio a Bergua un salvoconducto con el que pudo escapar a Francia. Allí siguió traduciendo y escribiendo sus libros y comentarios. En 1959, después de 22 años de exilio, el escritor regresó a España y a sus 65 años comenzó a publicar de nuevo hasta su fallecimiento en 1991. Juan Bautista Bergua llegó a su fin casi centenario.

Escritor, traductor y maestro de la literatura clásica, todas sus traducciones están acompañadas de extensas y exhaustivas anotaciones referentes a la obra original. Gracias a su dedicado esfuerzo y su cuidado en los detalles, nos sumerge con su prosa clara y su perspicaz sentido del humor en las grandes obras de la literatura universal con prólogos y notas fundamentales para su entendimiento y disfrute.

Cultura unde abiit, libertas nunquam redit.
Donde no hay cultura, la libertad no existe.

LA CRÍTICA LITERARIA
www.LaCriticaLiteraria.com

TODO SOBRE LITERATURA CLÁSICA, RELIGIÓN, MITOLOGÍA, POESÍA, FILOSOFÍA...

La Crítica Literaria es la librería y distribuidor oficial de Ediciones Ibéricas, Clásicos Bergua y la Librería-Editorial Bergua fundada en 1927 por Juan Bautista Bergua, crítico literario y célebre autor de una gran colección de obras de la literatura clásica.

Nuestra página web, LaCriticaLiteraria.com, es el portal al mundo de la literatura clásica, la religión, la mitología, la poesía y la filosofía. Ofrecemos al lector libros de calidad de las editoriales más competentes.

LEER LOS LIBROS GRATIS ONLINE
www.LaCriticaLiteraria.com

La Crítica Literaria no sólo está dedicada a la venta de libros nacional e internacional, también permite al lector la oportunidad de leer la colección de Ediciones Ibéricas gratis online, acceso gratuito a más que 100.000 páginas de estas obras literarias.

LaCriticaLiteraria.com ofrece al lector un importante fondo cultural y un mayor conocimiento de la literatura clásica universal con experto análisis y crítica. También permite leer y conocer nuestros libros antes de la adquisición, y tener la facilidad de compra online en forma de libros tradicionales y libros digitales (ebooks).

COLECCIÓN LA CRÍTICA LITERARIA

Nuestra nueva **"Colección La Crítica Literaria"** ofrece lo mejor de los clásicos y análisis de la literatura universal con traducciones, prólogos, resúmenes y anotaciones originales, fundamentales para el entendimiento de las obras más importantes de la antigüedad.

Disfrute de su experiencia con nosotros.

www.LaCriticaLiteraria.com